Liaison au *palazzo*

Collection : Azur

Titre original :
KIDNAPPED FOR HER SECRET SON

HARPERCOLLINS FRANCE
83-85, boulevard Vincent-Auriol, 75646 PARIS CEDEX 13
Service Lectrices — Tél. : 01 45 82 47 47

www.harlequin.fr

ISBN 978-2-2804-1333-6 — ISSN 0993-4448

Prologue

— *Buonasera !* lança Jaco.

Il rejoignit Leah en deux enjambées. Immense, viril, imposant, il portait un pantalon au pli impeccable et une chemise blanche au col entrouvert. Ses chaussures de cuir noir avaient déjà quelques traces de la terre sèche de Sicile. Impatiemment, il lui prit le visage entre ses paumes et se pencha pour lui capturer la bouche, en un baiser possessif et plein de promesses.

Leah se serra contre lui et ferma les paupières en respirant son odeur familière. Elle reconnut les notes épicées de son eau de toilette, à peine émoussées par son long voyage. Elle attendait ce moment depuis des semaines.

Jaco s'écarta d'elle et noua ses doigts aux siens. Il la dévorait des yeux.

— Tu es… *bellissima*.

— Merci, murmura-t-elle.

— Tu m'as manqué.

— Toi aussi.

Leah s'efforça de raffermir sa voix avant de reprendre, une pointe d'accusation dans la voix :

— Cela fait longtemps, Jaco.

— Oui, trop longtemps.

Il recommença à l'embrasser.

— Mais maintenant que je suis ici, j'ai bien l'intention de rattraper le temps perdu.

Leah le repoussa doucement, puis inclina la tête vers lui.

— Tu restes combien de temps ?

Il caressa la ligne de sa mâchoire, comme pour se remémorer ses traits.

— Deux jours, je pense.

Leah essaya de masquer sa déception.

— Seulement deux jours ?

— *Sí.*

Il lui sourit, de son sourire dévastateur, fatal et conquérant.

— Nous allons en profiter pleinement.

Elle se mordilla la lèvre.

— Oui…

— Je vais d'abord prendre une douche et manger un morceau. Ensuite, je serai tout à toi.

Leah frissonna à la perspective de retrouver l'intimité merveilleuse qu'elle partageait avec Jaco, de manière trop épisodique à son gré. Dans deux jours, il disparaîtrait à nouveau de son existence et elle se retrouverait seule à Capezzana.

Beau comme un dieu, Jaco Valentino avait en plus un charme fou. Il était drôle, séduisant, sexy… En un mot : irrésistible. Leah l'avait rencontré au mariage de sa sœur jumelle, Harper, avec Vieri, le meilleur ami de Jaco. Ils avaient éprouvé une attirance immédiate, un de ces coups de foudre sensuels qui vous emportent implacablement.

Elle accepta dès le lendemain son invitation à visiter son domaine de Capezzana, dont il parlait avec orgueil et enthousiasme. Il en parlait d'ailleurs tellement bien que cette terre la fascinait déjà par avance — le peu qu'elle avait vu de la Sicile, où se déroulait le mariage de Harper, l'avait enchantée. Elle se dit qu'elle risquait fort de tomber amoureuse de son propriétaire si elle n'y prenait garde…

Capezzana la séduisit littéralement, avec ses vignobles soignés qui s'étendaient au pied des montagnes et son magnifique *palazzo* du XVIIIe siècle. Ils passèrent un séjour merveilleux, extraordinaire, à rire, à bavarder, à faire connaissance, tout en dégustant le délicieux vin produit à Capezzana, dont Leah abusa d'ailleurs peut-être un peu…

Mais c'était surtout la compagnie de Jaco Valentino qui lui fit tourner la tête. Il ne ressemblait à aucun des hommes qu'elle avait rencontrés jusque-là. Devant lui, elle avait l'impression que le sol se dérobait sous ses pieds, que le ciel bleu l'aspirait… Malgré tout, elle maîtrisa tant bien que mal ces sensations grisantes et s'interdit de s'y abandonner.

Car Leah avait appris à se méfier des hommes. À commencer par son père, qui s'était mis à boire au moment où elle avait le plus besoin de lui. Toute sa vie, le sexe opposé ne lui avait apporté que des ennuis.

Peut-être était-elle en partie responsable. Impulsive de nature, elle avait une fâcheuse tendance à agir d'abord et à réfléchir plus tard, ce qui lui avait causé du tort en de nombreuses occasions.

Au Maroc, elle avait giflé un employeur potentiel, à la fin d'un entretien d'embauche, en découvrant ce qu'il attendait *précisément* d'elle — et qui n'était pas mentionné dans l'offre d'emploi… À Atlantic City, elle avait perdu tout son argent, qu'elle avait stupidement confié à un joueur invétéré qui l'avait flambé au casino.

Leah redoubla d'efforts pour se libérer. En vain.

— N'essaie pas de résister, tu n'auras pas le dessus, reprit Jaco. Toi et le bébé, vous venez avec nous. Tout de suite.

Elle lui lança un regard venimeux.

— Cesare te lâchera seulement si tu me promets d'être raisonnable. Je peux te faire confiance ?

Leah hocha la tête. Mais à la seconde même où le sbire s'écarta, elle poussa un hurlement strident. Cette fois-ci, ce fut Jaco qui la bâillonna.

— Si tu préfères la méthode forte, libre à toi ! lança-t-il, furieux après elle. Mais je te conseille d'obéir et de filer droit. Ce sera beaucoup plus simple pour tout le monde.

Ses beaux yeux bruns, dont le souvenir l'avait hantée durant de longues semaines lorsqu'elle avait fui la Sicile, la fixaient avec dureté. À son grand désarroi, ce visage la bouleversa : Gabriel ressemblait trait pour trait à son père, il en était une version miniature. Cette révélation lui coupa le souffle.

— Je t'accorde une deuxième chance, poursuivit Jaco. Mais attention ! Quand j'enlèverai ma main, tu écouteras en silence ce que j'ai à te dire. C'est compris ?

Leah hocha la tête. De toute façon, elle n'avait pas le choix.

Lentement, il relâcha la pression de ses doigts.

— Bien. Voilà qui est mieux.

Il resta tout près, à quelques centimètres. Leah sentait la brûlure de son regard sur ses lèvres.

— Que fais-tu ici ? s'écria-t-elle à voix basse, autant pour ne pas mécontenter Jaco que pour ne pas réveiller son fils.

Elle était partagée entre colère et inquiétude. Elle devait trouver un moyen de s'approcher de Gabriel, pour le prendre dans ses bras et s'enfuir en courant. À moins qu'elle ne soit en train de faire un horrible cauchemar… Elle ferma les yeux et les rouvrit au bout de quelques secondes. L'armoire à glace que Jaco avait appelée Cesare était toujours plantée devant sa porte.

— Va faire tes bagages, ordonna Jaco d'un ton sec.

Elle plissa le front, incrédule.

— Jaco, c'est ridicule. As-tu perdu l'esprit ?

— Pas du tout. Fais ce que je te dis.

— Mais…

— Je te donne cinq minutes, Leah !

— Et si je refuse ?

— Tu partiras sans rien.

— Tu nous kidnappes ? s'exclama-t-elle, au bord de l'hystérie.

— Je vous emmène dans un endroit où vous serez en sécurité.

— Tu plaisantes ? Nous étions parfaitement bien, ici, avant que tu ne forces ma porte.

— Non, Leah, je t'assure.

— Bien sûr que si !

— Ce n'est pas le moment de discuter. Maintenant, tu es sous ma protection et tu vas te dépêcher d'obéir.

Il la prit par les épaules et la tourna du côté de la chambre. Le cœur de Leah battait contre ses tempes. Elle jeta un regard circulaire. Elle n'avait aucune possibilité de s'échapper. Son appartement était situé dans une tour, au quatrième étage, et l'unique fenêtre ne donnait même pas sur un balcon.

Comme un automate, elle tira une valise de l'armoire et commença à y jeter quelques vêtements. Puis elle sortit les affaires de Gabriel des tiroirs de la commode et ajouta celles qui étaient étendues sur le séchoir de la salle de bains.

mis en scène un faux trafic de cocaïne. Une cargaison massive était prévue, sous couvert d'une société d'import-export qui vendait de l'huile d'olive en Amérique du Sud et achetait du café en échange. La Sicile constituait la plaque tournante de la redistribution de la drogue.

La stratégie était délicate, et l'enjeu terriblement important. En cas d'échec, Jaco avait signé son arrêt de mort. Sa famille adoptive n'hésiterait pas à supprimer l'instigateur de la supercherie. Mais le risque en valait la peine. Francesca était en sécurité. Lui-même était célibataire, sans personne à charge.

Jusqu'à ce qu'il découvre qu'il avait un fils… Il avait fallu prendre les mesures nécessaires pour le protéger.

Car les Garalino étaient sans pitié et ne respectaient rien. Ils n'auraient aucun scrupule à prendre pour cible le bébé de Jaco Valentino. Même sans cette histoire d'infiltration, cet enfant aurait été en danger. Ils pouvaient très bien s'attaquer à lui pour se venger de Jaco, parce qu'il avait quitté leur organisation.

Jaco entendit des pas dans le couloir et rabattit instinctivement son écran. Mais Leah alla directement dans la cuisine.

Jaco n'avait plus de contact avec sa famille adoptive depuis l'âge de dix-huit ans, quand il avait enfin échappé à leurs griffes. Il regrettait seulement de ne pas avoir pu emmener son jeune frère avec lui, à l'époque.

Il avait quitté la Sicile pour s'installer à New York et commencer une nouvelle vie. Très vite, il avait bâti un immense empire financier et était devenu milliardaire. Il devait sa réussite à un flair infaillible pour les affaires, combiné selon les spécialistes à une intelligence hors normes et un charme irrésistible.

Mais sous les bonnes manières et la nonchalance apparente se cachait un homme très différent. Même s'il avait vécu longtemps à l'étranger, son cœur demeurait en Sicile. Il y était retourné, anonymement d'abord, puis de manière plus officielle à mesure que sa richesse et sa puissance grandissaient. Il avait acheté des terres, et le vignoble de Capezzana, qui comptait beaucoup pour lui.

Capezzana avait en effet appartenu aux Valentino pendant plusieurs générations, et Jaco y avait vécu jusqu'à l'âge de cinq ans. Puis son univers s'était brutalement écroulé lorsque ses deux parents étaient morts dans un accident. Leur voiture s'était écrasée du haut d'une falaise. Son jeune frère et lui avaient été placés dans un orphelinat, avant d'être recueillis par les horribles Garalino. Jaco avait alors onze ans.

D'après le testament de ses parents, Jaco aurait dû hériter du domaine de Capezzana à sa majorité. Dans l'intervalle, la gestion avait été confiée à un fonds coopératif. Malheureusement, les Garalino s'étaient immiscés dans les rouages, par d'infâmes pratiques que le père de Jaco avait toujours dénoncées.

C'était sans doute sa résistance et son courage qui lui avaient valu son *accident* de voiture…

La coopérative n'avait pas pu lutter contre les Garalino. Les célèbres vins de Capezzana avaient beaucoup perdu en qualité à cause des produits chimiques utilisés pour cultiver le vignoble. Il y avait aussi eu des malversations, de faux étiquetages et des mélanges prohibés. L'avidité de la famille Garalino ne connaissait pas de limites.

Pour avoir complètement la mainmise sur les vignobles, Luigi Garalino avait eu l'idée de génie d'adopter les deux fils Valentino avant la majorité du plus âgé. En tant que père légitime, il avait la capacité juridique de mener le domaine à sa guise, sans rendre de comptes à personne.

Produisant toujours plus, les Garalino avaient trafiqué les excédents pour les écouler. Finalement, ils avaient été victimes de leur rapacité. Devenu suspicieux, le gouvernement leur avait confisqué les terres, mais ils n'avaient jamais été poursuivis car ils avaient des amis haut placés. Capezzana avait été laissé à l'abandon.

Jusqu'à ce que Jaco s'en préoccupe. Au bout de longues et laborieuses négociations, il avait enfin pu racheter la propriété qui constituait son héritage. Il avait fallu des années de labeur pour lui redonner sa prospérité et sa réputation. De toutes ses propriétés, c'était l'exploitation dont il était le plus fier.

Ayant néanmoins conscience d'être surveillé par les Garalino dans ses moindres faits et gestes, il avait toujours gardé les formes. Il n'avait jamais rien fait pour les contrarier et ne s'était jamais plaint de leurs malversations, même auprès de ses amis proches. Jusque-là, ils l'avaient laissé tranquille. Mais ils attendaient leur heure, à n'en pas douter.

Ils ignoraient cependant qu'ils étaient sur le point de tomber dans un piège qu'il leur avait tendu.

Dans ce moment critique, extrêmement dangereux, Jaco n'avait pas eu d'autre choix que d'enlever son fils pour le cacher. Il était impératif que personne n'apprenne son existence. Il avait donc fallu emmener Leah en même temps. À cet âge, Gabriel ne pouvait pas être séparé de sa mère.

Que cela lui plaise ou non, Jaco était coincé avec Leah McDonald jusqu'à ce que les Garalino se retrouvent derrière les barreaux.

Il l'entendait s'affairer dans la cuisine. Même s'il s'était promis de l'ignorer pour rattraper son travail en retard, il était incapable de se concentrer. Cette femme l'attirait comme un aimant, malgré lui. Il se leva pour la rejoindre.

Vêtue d'une simple robe de coton jaune vif, Leah avait relevé ses cheveux en une queue-de-cheval qui se balançait dans son dos pendant qu'elle cherchait comment fonctionnait la cafetière. Avec cette coiffure et ses longues jambes bronzées, elle paraissait beaucoup plus jeune que ses vingt-sept ans. Un bref instant, Jaco eut des remords de la mêler au drame compliqué qui était en train de se jouer dans sa vie ; d'avoir peut-être modifié radicalement le cours de son existence. Elle avait le droit de le détester autant qu'elle le proclamait…

— Je vais te montrer, dit-il en s'approchant.

Elle sursauta, et aussitôt après releva le menton d'un air de défi.

— J'y arriverai toute seule, merci.

— Excuse-moi.

Il resta tout près, délibérément, en prenant un plaisir pervers à son trouble évident.

— Pour moi, ce sera noir avec deux sucres, ajouta-t-il avec un sourire.

Elle fronça les sourcils, hésita encore quelques secondes, puis lui fourra le paquet de café dans les mains.

— D'accord, vas-y.

Jaco s'exécuta et une délicieuse odeur embauma bientôt la cuisine. Il lui tendit une tasse pendant qu'elle s'asseyait.

— Sers-toi. Il y a des yaourts, du miel, du müesli et des fruits frais.

— Un café me suffira, merci, marmonna-t-elle en

le foudroyant du regard. C'est bizarre, je n'ai pas du tout faim.

— Comme tu voudras.

Il éplucha une pêche, qu'il dégusta avec gourmandise. Elle se détourna quand il se lécha les doigts.

— C'est important de garder tes forces, reprit-il. Pour le bébé. Où est-il ?

Elle se hérissa.

— Dans la chambre, endormi. Et ne t'avise pas de me dire ce que je dois faire pour mon fils.

Jaco tendit les mains devant lui dans un geste d'apaisement.

— D'accord, d'accord.

— D'ailleurs, il a un prénom, reprit-elle d'une voix agressive.

— Ah oui, Gabriel. Je n'ai pas eu mon mot à dire… Mais tu as bien choisi.

Sans doute déstabilisée, elle lui lança un regard surpris.

— C'est le deuxième prénom de mon père, ajouta-t-il. Tu le savais, peut-être ?

— Bien sûr que non ! protesta-t-elle, méprisante.

— C'est une heureuse coïncidence, alors.

Il lui tendit une tranche de pêche sur son couteau, mais elle secoua la tête comme s'il lui offrait du poison.

— Giacomo Gabriel Valentino, reprit-il. On m'a prénommé Giacomo comme lui, mais on m'a tout de suite donné un diminutif. Quoi qu'il en soit, cela me fait plaisir qu'il y ait un autre Gabriel Valentino dans la famille.

Leah ouvrit la bouche pour protester, mais la referma sans rien dire. Les noms avaient une grande importance pour Jaco. Contraint de porter celui des Garalino quand il avait été adopté, il avait repris celui de Valentino à sa majorité. C'était le nom de ses vrais parents, et des enfants qu'il aurait un jour.

À l'époque, les Garalino avaient essayé de lui mettre des bâtons dans les roues ; il avait su se débarrasser d'eux habilement, en utilisant la logique plutôt que la colère, la ruse plutôt que la violence. Ces efforts l'avaient épuisé, mais il était capital d'attirer le moins possible leur attention. Ils surveillaient encore ses faits et gestes, il n'avait aucune illusion là-dessus. Heureusement, il n'y en avait plus pour très longtemps. Jaco savourerait bientôt sa vengeance, et sa vie pourrait reprendre son cours.

Une vie dans laquelle il y avait désormais un enfant, son fils.

Jaco se massa la nuque. Il avait encore du mal à comprendre qu'il était père et ne savait pas vraiment comment s'acclimater à cette idée et l'intégrer dans son existence. Il n'avait toujours pas pris l'enfant dans ses bras. Encore très en colère contre Leah pour lui avoir caché un événement de cette importance, il se demandait comment elle pouvait le regarder ainsi, avec une sorte de dégoût, comme si c'était lui qui était en tort. Que se passait-il dans sa tête ? Il n'en avait pas la moindre idée.

Il était peut-être temps de le découvrir.

3.

Jaco croisa les jambes dans une pose nonchalante, mais Leah frémit devant son expression déterminée. Qu'était devenu l'homme qu'elle croyait connaître, charmant, spirituel et toujours prêt à plaisanter ? Celui qui lui avait volé son cœur… À la place se tenait un être déconcertant, impressionnant, mais pour lequel elle ne pouvait s'empêcher d'éprouver encore du désir.

— Bien, commença-t-il d'une voix ferme. Puisque nous avons un enfant ensemble, il serait peut-être temps que j'en apprenne un peu plus sur toi.

— Il n'y a rien d'intéressant à savoir, répondit-elle, aussitôt sur la défensive.

Il ignora sa remarque.

— Il n'y a que toi et ton père, *sí* ? Tu as perdu ta mère très jeune, si je me rappelle bien. À douze ans, n'est-ce pas ?

— Oui.

Leah se força à ne pas se sentir flattée qu'il s'en souvienne. Rétrospectivement, leur première soirée à Capezzana apparaissait comme une sottise monstrueuse. Ils avaient évoqué leurs passés respectifs et, quand elle avait raconté le tragique accident de sa mère, tuée par une arme à feu, Jaco lui avait serré tendrement la main. Sur le moment, sa compassion l'avait touchée. À présent, tout sonnait faux, jusqu'à ce geste.

Elle regrettait d'avoir tant parlé. Mais le délicieux vin de Capezzana déliait les langues, et la nuit sicilienne, magique, embaumait du parfum des fleurs, avec les lucioles qui brillaient dans le noir. Alors elle s'était épanchée et lui avait tout dit : la descente de son père vers l'alcoolisme après son veuvage, ses propres souffrances en découvrant son problème de rein, les quatre longues années de dialyse avant la transplantation qui l'avait guérie, grâce au don d'organe de sa sœur jumelle.

Elle ne lui avait rien caché. Cela avait semblé tellement naturel, sur le moment. Elle avait pris conscience beaucoup plus tard que Jaco, lui, n'avait rien divulgué de sa famille, ni de ses origines. En fait, elle ignorait tout de lui.

— Comment va ton père, maintenant ? la questionna-t-il.

— Très bien, merci.

Malgré la sécheresse de la réponse, l'information était exacte. Angus McDonald ne buvait plus depuis plus d'un an.

— Il est au courant, pour Gabriel ?

— Non.

Elle ramena sa queue-de-cheval sur son épaule et se mit à jouer nerveusement avec ses cheveux.

— Ta sœur est donc la seule à savoir ?

— Oui.

— Tu peux lui faire confiance pour garder le secret ?

— Non.

Leah bondit sur ses pieds, se dirigea vers la fenêtre, puis se retourna vers lui avec un regard noir.

— Sinon, elle ne t'aurait rien dit, et Gabriel et moi n'en serions pas là !

Leah ne mâcherait pas ses mots la prochaine fois qu'elle verrait sa sœur. Si elle la revoyait un jour…

— En fait, c'est Vieri qui m'a mis au courant. Heureusement qu'il était là, lui.

Il marqua une pause.

— Donc, à part nous deux, Harper et Vieri sont bien les deux seules personnes à connaître l'existence de Gabriel ? Il est très important pour moi de le savoir, Leah.

— Oui.

— C'est déjà quelque chose.

Pourquoi avait-il l'air aussi soulagé ? Leah ressentit cela comme une insulte.

— Tu es rassuré ? Tu vas pouvoir continuer à cacher ton secret honteux au reste du monde.

Jaco se redressa de toute sa hauteur.

— Mon fils n'est pas un secret honteux. Loin de là.

— Vraiment ? Pourquoi as-tu si peur qu'on le découvre, alors ?

— J'ai mes raisons. Le moment venu, je serai très fier de ma paternité.

— Quelles raisons, Jaco ? Pourquoi ne veux-tu rien me dire ?

— Cela vaut mieux ainsi, crois-moi.

Elle se glaça en soupçonnant le pire. Jaco Valentino avait-il des accointances peu recommandables ? Quel milieu fréquentait-il ?

Un masque dur et dédaigneux figea ses traits.

— Quoi qu'il en soit, tu es mal placée pour me critiquer. Tu n'as pas vraiment proclamé l'arrivée de Gabriel avec tambour et trompettes.

— Moi aussi, j'ai mes raisons.

— Vas-y, je t'écoute.

— C'est très simple : un jour, j'ai découvert quelle sorte d'homme tu es en réalité.

Il se raidit davantage et la fusilla du regard. Manifestement, le coup avait porté.

— Que veux-tu dire, exactement ?

Elle s'obligea à lui faire face. Avec sa mine autoritaire et ses sourcils froncés, il essayait de l'intimider. Leah décida que cela ne marcherait pas. Elle ignorait ce qu'il cachait, mais tout dans son attitude le trahissait. De toute manière, c'était un fourbe, un abominable tricheur. Elle le maudissait de toute sa hargne.

Elle se mordit l'intérieur de la joue pour lutter contre la douleur qui menaçait de briser sa fragile carapace. Elle souffrait trop de se retrouver en face de lui après tout ce qu'elle avait déjà enduré. D'abord le chagrin et la solitude, ensuite la peur de mettre un enfant au monde et de s'en occuper sans pouvoir compter sur personne. Un torrent de détresse et de récriminations amères menaçait de rompre la digue pour se déverser.

Pourtant, elle s'en était sortie et avait survécu. Et maintenant, elle bénissait le bonheur d'avoir Gabriel. Lui seul importait.

Elle prit une longue inspiration. Fallait-il jeter son infidélité à la figure de Jaco ? À quoi bon ? Qu'y gagnerait-elle ? Ne dévoilerait-elle pas ainsi sa propre faiblesse, sa fragilité ? Il valait peut-être mieux garder cette carte dans son jeu et l'abattre plus tard, lorsqu'elle en aurait vraiment besoin.

— J'attends, la relança-t-il.

Presque résolue à se taire, elle changea brusquement d'avis en apercevant la lueur de férocité qui brillait dans les yeux de son ancien amant. Il la regardait comme si c'était elle la coupable ! C'était insupportable.

— Très bien, dit-elle en rejetant la tête en arrière, orgueilleuse. Je vais te dire pourquoi je n'ai pas voulu t'annoncer ma grossesse. Parce que… Parce que…

Le téléphone de Jaco sonna. Elle se tut.

— *Un momento.*

Il jeta un bref coup d'œil à l'écran avant de prendre la communication.

— Nous reprendrons cette conversation plus tard, déclara-t-il.

Le portable à l'oreille, il quitta la pièce. Il parlait en italien, avec un débit tellement précipité que Leah n'avait aucune chance de comprendre.

Incroyable…

Leah poussa un soupir d'impuissance et de désespoir. Qui l'appelait ? La belle Francesca ? Manifestement, ce coup de téléphone l'intéressait davantage que ses explications.

Leah tremblait de frustration. Elle s'exhorta à rassembler ses forces. Tant pis pour lui ! Il avait gâché ses dernières chances. Puisqu'il avait si peu de respect pour elle, et tant d'arrogance, elle lui donnerait une bonne leçon. Cela lui apprendrait peut-être au moins la politesse.

Finalement, elle était contente de ne pas lui avoir avoué la vérité. Dorénavant, elle mettrait un point d'honneur à ne rien dire.

Debout près de la fenêtre, elle vit Jaco traverser la terrasse et s'éloigner à pas vifs. Que n'aurait-elle pas donné pour avoir accès à un téléphone…

Elle jeta un regard circulaire. Le sien était forcément quelque part. Puisque Jaco était parti, il fallait en profiter. Elle sortit dans le couloir dans la direction opposée à sa chambre pour chercher celle de Jaco.

Elle la trouva facilement, tout au bout, avec des fenêtres qui donnaient sur la mer. Elle s'arrêta sur le seuil, intimidée par l'idée d'envahir son espace personnel. Tout rappelait sa présence, depuis l'odeur qui flottait dans l'air jusqu'au désordre de ses vêtements coûteux éparpillés çà et là. Sur le lit, les draps de coton blanc étaient tire-bouchonnés, comme s'il avait mal dormi et beaucoup remué. Il avait même jeté deux oreillers à terre.

Leah s'obligea à bouger. Il n'y avait pas de temps à perdre et ce n'était pas le moment de penser à Jaco. Elle se ressaisit et fouilla méthodiquement l'armoire, puis les tiroirs de la commode. Elle inspecta même sous le lit.

Elle eut vite terminé parce que tout était vide. À part le contenu de son sac de voyage, Jaco ne possédait aucun effet personnel dans la villa, qui n'était peut-être même pas à lui. Leah ne savait plus que penser.

Elle poursuivit sa visite dans la salle de bains. La brosse à dents était posée sur une tablette, au-dessus de la double vasque, à côté d'un rasoir et d'une trousse de toilette à moitié ouverte. Même si elle se sentait coupable, Leah en inventoria rapidement le contenu. Il n'y avait rien non plus dans les placards.

Elle retourna dans la chambre, regarda sous l'oreiller et passa la main sous le matelas, tout autour.

— Tu cherches quelque chose ?

Leah sursauta violemment.

— Si tu veux une invitation à partager ma chambre, reprit Jaco depuis le seuil, rien de plus simple. Tu n'as qu'à demander.

— Où est-il ? lança Leah d'un ton rageur, sans prendre la peine de s'excuser.

Le rictus hautain de Jaco la faisait sortir de ses gonds.

— De quoi parles-tu ?

— Tu le sais très bien : de mon téléphone.

— Ah…

Il s'approcha d'un pas souple et indolent, ce qui exacerba la fureur de Leah.

— Je crains de ne pas pouvoir te le rendre avant notre départ de l'île. Mais ne crains rien, j'en prends le plus grand soin.

Leah se retint pour ne pas le gifler de colère. Elle passa devant lui sans dire un mot et s'enfuit aussi vite que sa dignité le lui permettait.

Jaco suivit des yeux la belle Écossaise. En dépit de ses grands airs et de son attitude pleine de défi, Leah était très vulnérable. Sa belle assurance ne le trompait pas. Même si elle voulait donner l'impression de contrôler la situation, tout lui échappait et elle se débattait.

Cela n'aurait pas dû l'émouvoir. Après ce qu'elle lui avait fait, Leah McDonald ne méritait aucune sympathie. Malgré tout, il n'arrivait pas à être indifférent. L'inquiétude qu'il lisait dans ses yeux, la façon qu'elle avait de se mordre la lèvre et d'entortiller les cheveux autour de son doigt, tous ces signes l'affectaient, même s'il n'avait pas la moindre envie d'analyser ce qu'il ressentait.

Il se passa la main sur la mâchoire. Leah l'intriguait depuis le tout début. Son insouciance et sa désinvolture apparentes dissimulaient une nature infiniment plus profonde que ne laissaient supposer sa drôlerie et sa vivacité. Lors de sa première visite à Capezzana, il avait réussi à lui soutirer des confidences et avait découvert qu'elle avait traversé bien des épreuves. Ses problèmes de santé l'avaient particulièrement éprouvée, jusqu'à sa transplantation rénale.

C'est pourquoi il avait d'abord résisté à l'étincelle qui avait immédiatement jailli entre eux. Son intuition l'avait averti que cette femme était différente, spéciale, et méritait le respect. S'ils entamaient une relation, il avait eu peur que son existence en soit irrémédiablement changée. Il ne s'était pas trompé ! Même s'il n'avait pas soupçonné à quel point…

En ce moment même, et malgré tout ce qu'il avait découvert à son sujet, Jaco avait envie d'elle. Sa libido se refusait à admettre ce que son cerveau comprenait : Leah McDonald ne lui apporterait que des problèmes. Un seul regard de ses beaux yeux noisette suffisait à déclencher son désir. C'était fou.

Il avait récemment pris conscience, avec stupéfaction, qu'il n'avait pas eu de relations sexuelles depuis plus d'un an — en fait, depuis la dernière nuit qu'il avait passée avec Leah. Il ne regardait même plus les autres femmes, ce qui ne lui ressemblait pas du tout. Il attribuait cette longue période d'abstinence à ses soucis avec les Garalino. Quand cette histoire serait terminée, sa vie reprendrait un cours normal.

Luigi Garalino. Le seul nom de cet individu lui retournait l'estomac.

Mais il en aurait bientôt fini avec lui. Son plan mûrement réfléchi allait enfin porter ses fruits. Le premier épisode, en tout cas. Il savourerait le plaisir de sa vengeance en envoyant toute la famille derrière les barreaux, pour plusieurs décennies. C'était un bon début.

Pour la deuxième étape, il s'agirait de prouver la culpabilité de Garalino dans la mort de ses parents. Jaco avait déjà posé quelques jalons. Dès que le clan serait en prison, les mouchards n'auraient plus peur et parleraient.

En attendant que tombent les malfaiteurs, il devait ronger son frein, avec la consolation que ce ne serait plus très long. Il se réjouissait aussi pour Francesca, qui pourrait bientôt vivre au grand jour et commencer une nouvelle vie.

Une vie de femme.

Les interminables procédures médicales étaient enfin terminées et le petit frère de Jaco, Francesco, avait disparu. L'enfant malingre et chétif recueilli à l'orphelinat en même temps que lui avait été systématiquement insulté et maltraité par sa famille adoptive. Dieu merci, il pouvait désormais oublier son martyre. Sa métamorphose en une femme magnifique lui avait redonné sa dignité, une seconde naissance.

Fier de cette sœur qui venait de sortir de sa chrysalide, Jaco avait hâte de la montrer, de la gâter et de l'amener en Sicile. Pour échapper à l'influence malsaine des Garalino, elle avait passé les cinq dernières années en exil, à New York. Dans très peu de temps, tout serait changé. Francesca reviendrait à la maison.

Jaco partit à la recherche de Leah et la trouva dans le salon. Il était clair qu'elle n'acceptait pas la situation et ne s'y résignerait pas. Mais puisqu'ils allaient partager la villa pendant quinze jours, il fallait l'amadouer d'une manière ou d'une autre.

Il repoussa fermement la première idée qui lui vint à l'esprit. Pourtant, elle était très tentante : il s'imaginait déjà en train de se pencher pour l'embrasser dans le cou, avant de remonter lentement vers ses lèvres… Il avait presque le goût de son baiser dans la bouche.

Avec Leah, le sexe était une aventure merveilleuse. Alors, comment en étaient-ils arrivés là, empêtrés dans des problèmes insolubles ? Il y avait forcément un moyen de calmer l'hostilité qui les dressait l'un contre l'autre.

Immobile, Leah examinait avec nervosité les dalles de verre au sol qui séparaient la pièce en deux.

— Tu peux y aller, c'est solide.

Il passa devant elle pour sauter dessus à pieds joints et lui tendit la main, mais Leah recula.

— Tu n'as rien à craindre, je te promets !

Conçue par un jeune architecte brillant et talentueux, auquel Jaco avait donné carte blanche, la villa possédait quelques particularités très originales. Elle était construite au-dessus de la piscine creusée dans le roc, et la terrasse en bois s'avançait en surplomb de la falaise.

Jaco était enchanté du résultat, mais manifestement Leah ne partageait pas son enthousiasme. Elle continuait à fixer l'eau sous les pieds de Jaco d'un air perplexe.

— Tu n'as pas peur, tout de même ? la taquina-t-il.

— Bien sûr que non.

Rejetant la tête en arrière, elle passa de l'autre côté des dalles de verre, mais sans regarder par terre.

— Voilà. Tu es content maintenant ?

Jaco haussa les sourcils.

— Ton séjour ici n'est pas un test d'endurance, dit-il en s'approchant. Pour que tout se passe bien, il vaudrait mieux te détendre et accepter la situation.

— Ce serait plus facile pour toi, tu veux dire.

— Pourquoi n'essaierais-tu pas d'imaginer que ce sont des vacances ?

— Alors que tu me retiens de force ? s'esclaffat-elle. Tu m'as volé mon téléphone et je ne sais même pas où je suis !

Jaco hésita. Elle était trop agressive et entêtée pour céder sans un minimum d'explications.

— Je comprends que ce soit difficile pour toi.

— Vraiment ?

— Cette île m'appartient. Je vous ai amenés ici, Gabriel et toi, pour que vous soyez en sécurité. Tu n'as pas besoin d'en savoir davantage.

— Cela ne me suffit pas, Jaco, protesta-t-elle avec colère.

Il poussa un soupir exaspéré et recula d'un pas. Sinon, il risquait de la faire taire d'une manière très autoritaire, en plaquant sa bouche sur ses jolies lèvres veloutées, et il s'était promis de ne pas en arriver là.

— Écoute… Allons dehors un instant, je vais tâcher de te donner quelques éclaircissements.

Leah ne se le fit pas dire deux fois et sortit sur la terrasse dès que Jaco ouvrit les portes-fenêtres. Elle leva la main en visière pour ne pas être éblouie par le soleil et scruta l'horizon, en espérant apercevoir un rivage ou un bateau. Elle repéra aussi tout de suite un ordinateur posé sur la table. Mais Jaco était prudent. Même si elle mettait la main dessus, il était certainement verrouillé.

— Assieds-toi, dit-il en indiquant un fauteuil.

Il s'installa en face d'elle.

— Je ne peux pas tout te dire, mais sache que je suis au beau milieu de négociations extrêmement délicates.

Jaco s'interrompit. Il choisissait ses mots soigneusement, de manière à rester dans le vague tout en mettant l'accent sur les risques encourus.

— Je suis arrivé à un point très critique.

Leah s'agita. Elle semblait impatiente.

— Et alors ? Qu'est-ce que cela a à voir avec Gabriel et moi ?

— Mes interlocuteurs ne sont pas des personnes très honorables, répondit-il, taisant la haine farouche qu'il leur vouait. Ils n'hésiteraient pas à exploiter la moindre de mes faiblesses. S'ils découvraient que j'avais un fils, ils le prendraient pour cible.

— C'est-à-dire ?

Jaco se contenta de hausser les épaules.

— Ils le kidnapperaient ? s'écria Leah, l'air terrorisé, en se levant d'un bond.

Ou pire…

Jaco refusait d'envisager ce qui se passerait en cas d'échec, et si les Garalino apprenaient l'existence du bébé. Il se leva à son tour.

— En tout cas, il ne risque rien tant qu'il est ici, je peux te l'assurer.

Elle s'empourpra.

— Je ne te crois pas ! Tu mettrais notre enfant en péril à cause d'une affaire louche ?

— Je te ferai remarquer que j'ignorais son existence jusqu'à il y a quelques jours.

— Qui sont ces gens ? Des voleurs ? Des escrocs ? lança-t-elle avec véhémence, des éclairs dans les yeux. Ta rapacité et ton égocentrisme n'ont donc pas de limites pour que tu sois prêt à tout pour les satisfaire ?

Jaco serra les poings, furieux. Comment osait-elle lui parler ainsi ?

— Il faudrait apprendre à tenir ta langue, Leah McDonald.

— Sinon quoi ?

Il lui enserra le bras dans une poignée d'acier, mais la lâcha presque aussitôt quand elle baissa les yeux sur sa main. Il recula de plusieurs pas. Cette femme lui faisait perdre complètement son self-control. C'était effrayant.

Elle secoua la tête avec un mélange de mépris et de dégoût.

— Quelle sorte d'homme es-tu, Jaco Valentino ?

Elle le scruta longuement.

— De toute manière, peu m'importe, reprit-elle. Tu peux garder tes horribles secrets, ils ne m'intéressent pas. Mais ne crois pas m'impressionner avec ce somptueux décor et ta belle villa.

Elle balaya le paysage d'un geste large, et Jaco, malgré lui, observa sa jolie poitrine qui se soulevait.

— Parce que tu as sans doute amassé ta fortune par des moyens frauduleux, ajouta-t-elle, des trafics peu recommandables, ou même pire.

— Absolument pas.

— Quoi qu'il en soit, je ne sais pas qui tu es, ni ce dont tu es capable.

Il se rapprocha.

— Peut-être, en effet.

Elle parut surprise. Le percevait-elle réellement comme un truand, un escroc, un criminel ? En tout cas, il n'allait pas la détromper pour l'instant. Cela l'empêcherait de commettre l'énorme bêtise de coucher avec elle.

Un silence tomba, électrique, troublé seulement par le chant des cigales dans les oliviers.

— Laisse-moi passer, dit-elle en tremblant. Je vais voir Gabriel. Dieu sait quels dangers il court à cause de toi !

Un sentiment de frustration insupportable s'empara de Jaco. Instinctivement, il eut envie de la serrer contre lui pour la rassurer. Mais l'hostilité et la peur qu'elle exprimait le ramenèrent à la raison.

— Tu es en sécurité ici, Leah, je te le garantis.

Si elle devait croire quelque chose, c'était cela.

— Laisse-moi en juger, s'il te plaît, ironisa-t-elle en s'éloignant, la tête haute.

4.

Le cœur battant, craignant tout à coup pour la sécurité de Gabriel, Leah se précipita dans sa chambre. Mais il dormait paisiblement, la bouche arrondie, les paupières closes, l'ombre de ses cils sur ses joues.

Elle s'émerveillait constamment d'avoir créé un être d'une beauté aussi parfaite. Mais force lui était de reconnaître qu'elle n'était pas seule responsable de ce petit miracle. Elle reconnaissait l'ADN de Jaco dans le halo de boucles brunes, les yeux en amande et jusqu'à la moue impatiente de la bouche. Quand Gabriel serait plus grand, le père et le fils se ressembleraient comme deux gouttes d'eau. Physiquement, en tout cas…

Leah caressa du bout du doigt la peau duveteuse. Elle lutterait jusqu'à son dernier souffle pour empêcher Gabriel de devenir aussi immoral que son père. Jaco Valentino était un manipulateur, une crapule avide d'argent et de pouvoir, prêt à risquer la sécurité de son enfant pour conquérir un marché douteux. Il était allé jusqu'à les kidnapper pour remplir les coffres de son empire.

Sa moralité sexuelle ne valait pas mieux. Il fallait être singulièrement pervers pour vivre une liaison passionnée tout en entretenant des relations avec une autre femme. Comment avait-il pu l'embrasser avec autant de ferveur, le soir où elle avait découvert la vérité, et faire une demi-heure plus tard une déclaration d'amour au téléphone à cette pauvre Francesca ?

Quel ignoble individu ! Elle se félicitait de l'avoir percé à jour, mais ne se remettrait jamais de la blessure qui l'avait meurtrie à jamais.

Elle entreprit de défaire sa valise. Les quelques robes qu'elle avait emportées paraissaient ridicules dans l'immense dressing qui occupait tout un mur. Elle rangea les affaires de Gabriel dans un tiroir de la commode et ses sous-vêtements dans un autre.

Cela ne prit pas longtemps.

Les mains sur les hanches, elle jeta un regard circulaire en cherchant à quoi s'occuper. D'ordinaire, pendant ses rares instants de liberté, elle avait son téléphone ou sa tablette à portée de main…

Dehors, un soleil éclatant brillait sur le jardin, comme il n'y en avait jamais dans son pays. La côte ouest était très belle en Écosse, mais plus sujette aux ciels d'orage et aux arcs-en-ciel qu'aux grandes chaleurs.

Ce serait bien agréable de se baigner. Qui d'autre que Jaco Valentino aurait imaginé construire une piscine *sous* sa villa ? L'idée saugrenue ne manquait pas d'originalité.

En y repensant, Leah se sentait un peu bête d'avoir été déstabilisée par le plancher en verre. Mais l'effet de surprise l'avait déconcertée. Elle avait failli se noyer dans un loch à l'âge de cinq ans et en avait gardé une phobie de l'eau. Elle n'avait d'ailleurs jamais pu apprendre à nager. Enfant, elle poussait des hurlements dès qu'il était question de lui donner des leçons de natation. Plus tard, lorsque ses parents avaient réussi à la convaincre, ses problèmes de reins l'en avaient empêchée. À présent, elle n'avait plus d'excuses, et la canicule lui donnait très envie de se rafraîchir.

Des marches descendaient dans l'eau turquoise en pente douce, à l'arrière de la villa, loin du bureau de Jaco. Cela lui ferait un bien fou de dénouer les tensions qui la tétanisaient depuis que le beau Sicilien avait de nouveau fait irruption dans sa vie.

Elle enfila un bikini qu'elle venait de ranger dans un tiroir, attrapa le babyphone et jeta une serviette sur son épaule.

L'eau était tout simplement divine. Prudente, Leah resta sur le bord et s'accroupit pour s'immerger jusqu'aux épaules. Elle n'avait pas mis de crème et risquait des coups de soleil en s'exposant trop.

Tout en se tenant fermement, elle allongea les jambes et se mit à flotter sur le dos. Un pur plaisir ! Si seulement sa vie n'était pas aussi embrouillée…

Pourquoi fallait-il que cela lui arrive à *elle* ? Pourquoi ne pouvait-elle pas mener une existence normale, comme une personne ordinaire ? Elle aurait un emploi convenable, serait mariée à un homme gentil et sans histoires, qui lui aurait donné de beaux enfants… Pourquoi devait-elle sans cesse dégringoler d'un désastre à un autre ?

Par contraste, Harper, sa sœur jumelle, avait suivi un parcours irréprochable. Brillante à l'école, sans jamais aucun problème, elle avait toujours été la plus intelligente et la plus responsable. C'était elle qui s'était occupée de tout après la mort de leur mère. Elle avait aussi sauvé la vie de Leah en lui donnant un rein.

À l'opposé, Leah était une révoltée. Elle n'avait jamais accepté sa maladie, ni le deuil qui avait frappé sa famille. Elle en avait aussi beaucoup voulu à son père de s'adonner à la boisson au moment où sa jumelle et elle avaient le plus besoin de lui. Avec sa scolarité hachée par les ennuis de santé, elle n'avait aucun diplôme mais s'en moquait éperdument. Qui se souciait d'études et de formation quand on pouvait partir explorer le monde ?

Hélas, la plupart de ses aventures s'étaient soldées par des échecs cuisants, généralement à cause d'hommes malhonnêtes dont elle avait croisé le chemin. Elle ne comptait plus le nombre de fois où Harper était intervenue pour la tirer d'embarras. Sa dernière mésaventure s'était malgré tout conclue par un happy end pour sa sœur. Du coup, Leah s'en serait presque glorifiée.

Alors qu'elle était serveuse dans un night-club de Manhattan, Leah avait accepté — contre une rétribution rondelette — de rendre service au propriétaire, un certain Vieri Romano, en se faisant passer pour sa fiancée. Tout s'était déroulé sans problème, mais, comme une idiote, elle avait ensuite confié son argent à un joueur qui lui avait promis de tripler la mise au casino. Et l'aigrefin avait tout perdu.

Une fois encore, Harper avait volé à son secours. L'histoire avait tourné au conte de fées quand Vieri et sa jumelle étaient tombés amoureux.

Leah s'était juré de ne plus faire de bêtises. Mais elle s'était encore illusionnée sur la personne de Jaco Valentino. Malgré tout, elle ne regrettait rien puisqu'elle y avait gagné le merveilleux cadeau que représentait Gabriel.

Leah se risqua à lâcher le bord. Elle se retourna sur le ventre. Ce ne devait pas être si difficile de nager. Il était temps d'apprendre, ne serait-ce que pour Gabriel. Si un jour il tombait à l'eau, elle devait être capable de le sauver.

Elle rassembla son courage et s'élança en battant des

bras et des jambes. Sans succès. Elle coula. Paniquée, elle chercha le fond du bout des orteils, mais elle n'avait plus pied. Sa tête plongea sous la surface, remonta tandis qu'elle crachait pour reprendre sa respiration, disparut de nouveau.

Elle était en train de se noyer.

Jaco observait Leah du coin de l'œil à travers les grandes baies vitrées depuis qu'il l'avait aperçue dans son joli bikini. Elle n'avait pas l'air très rassurée.

Sa silhouette avait changé. Ses hanches s'étaient arrondies, ses seins aussi. Il la trouvait encore plus désirable qu'avant…

Il se détourna résolument. Inutile de se languir. Leah McDonald était devenue inaccessible. Pour l'instant en tout cas. Mais il avait toujours envie d'elle. Son corps réagissait d'une manière incontrôlable, le traître.

Quand il regarda à nouveau, la jolie sirène était sous l'eau. Tant mieux. Il allait pouvoir se concentrer.

À peine avait-il reposé les yeux sur son écran qu'il lui sembla entendre un cri étouffé. Il se leva d'un bond et se précipita. *Dio !* Que se passait-il ?

Il se débarrassa de son jean et de son T-shirt, puis plongea aussitôt sous la villa. Il émergea à l'autre bout de la piscine et empoigna à bras-le-corps Leah qui se débattait. Il l'amena jusqu'au bord, là où elle avait pied. Il s'était écoulé moins d'une minute.

Leah se mit debout tant bien que mal, toussa à plusieurs reprises et essaya de reprendre son souffle. Ensuite seulement, elle fit face à son sauveteur, qui la fixait avec un mélange d'étonnement et d'inquiétude. Troublée par la vue de son corps musclé, elle baissa les yeux. Il lui prit doucement le menton entre le pouce et l'index pour l'obliger à soutenir son regard.

— Qu'est-il arrivé ?

— Rien... Je... J'essayais d'apprendre à nager, c'est tout, marmonna-t-elle.

— Parce que tu ne sais pas ? s'écria-t-il, incrédule.

— Non.

Elle s'éloigna pour gravir les marches, mais il la retint par les épaules.

— Pourquoi te mettre ainsi en danger ?

Elle le toisa d'un air méprisant et se dégagea.

— Je ne craignais rien.

— Tu crois vraiment ?

Elle se rengorgea dans sa fierté.

— Cela flatte ton orgueil de mâle d'imaginer que tu m'as sauvée de la noyade. Mais franchement, je n'avais pas besoin de toi.

Il secoua la tête avec une expression effarée.

— Tu m'étonneras toujours, Leah McDonald !

En dépit de son exaspération, Jaco se sentait irrésistiblement attiré par son ex-maîtresse. La peau de Leah ruisselait. Elle avait la chair de poule et la respiration haletante. Il lui fallut faire un terrible effort pour garder son flegme.

Désarmée par le regard insistant de Jaco, Leah rajusta en hâte les bretelles de son maillot de bain. Il ne lui allait plus vraiment depuis la naissance de Gabriel, parce que ses seins avaient beaucoup grossi. Elle s'en était rendu compte lorsqu'elle l'avait enfilé et s'était aperçue dans la glace. Cela n'avait de toute évidence pas échappé à Jaco, qui détourna les yeux.

— Tu pourrais quand même dire merci.

Elle se gratta la gorge. Elle aurait fait n'importe quoi pour mettre un terme à cet embarrassant face-à-face.

— Merci, articula-t-elle d'une voix rauque, avec une moue dédaigneuse. Tu es content ?

Une lueur étrange brilla au fond des yeux de Jaco.

— Non, pas vraiment. Je vais devoir t'arracher ma récompense.

Prompt comme l'éclair, il lui prit le visage entre ses mains en glissant les doigts sous ses cheveux mouillés. Incapable de respirer, Leah se figea, littéralement clouée sur place par le désir.

Elle ne résista pas quand il l'embrassa.

Leah étouffa un petit gémissement de plaisir. Elle rêvait de cet instant depuis si longtemps ! Sans pouvoir s'en empêcher, comme si une volonté étrangère s'emparait brusquement d'elle, elle rendit son baiser à Jaco. Elle succombait tout entière aux sensations érotiques qu'il savait si merveilleusement éveiller.

Il la plaqua contre lui, écrasant sa poitrine contre son torse tandis que leurs bouches et leurs langues se cherchaient avec une ardeur croissante. Le savoir-faire de Jaco, sa virilité sensuelle, irrésistible, déchiraient Leah. Les battements de son pouls résonnaient sourdement contre ses tempes. Seigneur, elle était perdue…

Les doigts de Jaco glissèrent sur la peau humide de la jeune femme jusqu'à sa taille, qu'il enserra d'un geste possessif. *Dio*, que c'était bon de l'embrasser, de la tenir serrée contre lui ! Pourquoi ce bonheur lui avait-il été refusé pendant si longtemps ? Pourquoi ne pouvait-il pas tout simplement la soulever dans ses bras et la porter à l'intérieur de la villa pour lui faire l'amour ?

Il la désirait avec une violence presque douloureuse, non seulement dans son sexe, mais dans chaque cellule de son corps, jusqu'à la moindre terminaison nerveuse.

Du bout du pouce, il suivit le léger renflement, juste au-dessous de la hanche, séquelle de sa transplantation rénale. Leah tressaillit. La première fois qu'ils avaient couché ensemble, elle avait essayé de lui cacher sa cicatrice, mais il avait doucement écarté le drap pour la regarder. Il ne voulait aucun secret. De toute manière, loin d'altérer sa beauté, cette petite imperfection la magnifiait.

Jaco changea de position, comme s'il espérait se ressaisir et revenir à la raison. Mais l'étincelle qui brillait dans les yeux de Leah jetait de l'huile sur le feu. En dépit d'une certaine méfiance, son expression intense, riche de promesses, recélait d'infinis possibles. C'était plus qu'il n'en fallait pour le faire basculer.

Il pencha de nouveau la tête pour capturer ses lèvres roses et se perdre dans le plaisir enivrant d'un baiser fou. À présent, ses paumes enserraient les fesses de Leah.

Il retint son souffle. Elle avait toujours eu un corps superbe, digne d'un top-modèle, avec des jambes interminables. Mais depuis qu'elle avait pris quelques rondeurs, ses jolies courbes féminines lui plaisaient encore davantage. Il avait hâte de la voir nue pour l'admirer et la contempler. Elle l'excitait comme jamais.

Elle avait passé les bras autour de son cou et croisé les doigts sur sa nuque, comme pour le retenir. Encouragé, Jaco entreprit de dénouer le haut de son bikini.

Une plainte assourdie parvint à sa conscience embrumée. Qui gémissait ainsi, lui ou elle ? Quand Leah s'écarta, il comprit que le son venait du babyphone posé au bord de la piscine.

Leah le repoussa vivement, en vérifiant que son maillot était encore en place, et lui jeta un regard assassin. Mais c'était trop tard, elle s'était trahie.

Pendant une seconde qui sembla une éternité, ils

demeurèrent face à face, sous l'effet d'un magnétisme puissant, prisonniers de l'alchimie étrange qui les rivait l'un à l'autre. Puis Leah s'enfuit en courant presque tandis que Jaco la suivait des yeux, le corps en feu.

À présent, le bébé criait à pleins poumons. Les lumières rouges du petit appareil clignotaient quand Jaco se baissa pour le ramasser. Son fils avait du caractère.

En retournant vers la villa, il entendit la voix douce de Leah qui consolait son bébé. Les pleurs se calmèrent très vite, se muèrent d'abord en grognements, puis en sanglots étouffés de plus en plus espacés.

Jaco s'immobilisa pour écouter la berceuse maternelle et apaisante. Il était captivé par le tendre échange entre la mère et l'enfant. En même temps, il se sentait étrangement troublé parce qu'il en était exclu, comme s'il était incapable d'établir la même relation d'amour avec son fils.

Il éteignit le babyphone et le posa sur une console à l'entrée. Le moment venu, il s'efforcerait de forger des liens solides avec cet enfant. Pour l'instant, il n'avait pas complètement intégré l'idée de sa paternité, même si elle faisait son chemin petit à petit dans son esprit. De toute manière, d'autres préoccupations l'accaparaient. Le jour J approchait vite. Il fallait se concentrer et rester vigilant.

Il alla dans la cuisine et ouvrit le frigo pour se verser un grand verre d'eau froide. Il prit un glaçon, qu'il fit glisser sur ses lèvres brûlantes pour les rafraîchir.

Avec un long soupir, il passa les doigts dans ses cheveux. La présence de Leah ne devait pas le distraire. Il devait absolument recouvrer son self-control. Sinon, les deux semaines à venir s'avéreraient épuisantes et très compliquées.

5.

Assise en haut des marches en pierre, en surplomb du jardin, Leah contemplait la vue, le menton dans la main. Dans le lointain, sur fond d'azur et de mer bleue, on apercevait deux petites îles frangées d'écume blanche.

Même si Jaco refusait de la renseigner, elle avait mis bout à bout quelques informations glanées lors de son premier passage à Capezzana. Elle se souvenait qu'il était propriétaire de quelques îlots volcaniques au large de la côte nord de la Sicile. À en juger par les terres noires et fertiles où abondaient les cactus, les plantes succulentes et les fleurs exotiques, c'était là qu'il l'avait emmenée.

Malheureusement, cela ne lui était pas très utile. À moins de jeter une bouteille à la mer avec un message, elle n'avait aucun moyen de communiquer avec le reste du monde. Elle ne pouvait pas envisager non plus de nager jusqu'au rivage le plus proche. Il fallait se rendre à l'évidence, Gabriel et elle étaient prisonniers et dépendaient du bon vouloir de Jaco.

Avec un soupir de colère et de frustration, elle se pencha pour cueillir une fleur violette, qu'elle glissa derrière son oreille. Cela faisait maintenant plus d'une semaine qu'ils étaient privés de liberté et son ressentiment grandissait de jour en jour.

Plus elle réfléchissait, plus elle en voulait à Jaco.

Ses secrets et ses mystères la minaient. Elle avait pourtant cruellement souffert une première fois, mais elle retombait dans les mêmes errements, comme si l'expérience ne lui avait rien appris.

Jaco Valentino l'obsédait et semblait occuper tout l'espace, même si elle le voyait très peu. Depuis qu'il l'avait embrassée au bord de la piscine, le premier jour, il l'évitait ostensiblement.

Ce baiser la hantait.

Elle frissonnait rien que d'y penser. Ils étaient séparés depuis si longtemps, il s'était passé tellement de choses que Leah en avait oublié jusqu'au souvenir de ce pur bonheur. Elle regrettait d'avoir succombé, mais son corps l'avait trahie. Elle avait été incapable de résister. À sa place, n'importe qui aurait réagi pareil. Quelle femme aurait eu la force de repousser les assauts érotiques d'un homme aussi envoûtant et séduisant que Jaco ?

Donc, tant mieux s'il gardait ses distances, car son côté dissimulateur l'inquiétait de plus en plus. Elle devait se résoudre à le supporter encore quelques jours. Ensuite, elle essaierait de limiter au maximum les contacts. Et s'il fallait absolument l'affronter, elle s'efforcerait de se maîtriser et de faire bonne figure.

Mais y parviendrait-elle ? Comment empêcher son cœur de battre la chamade dès qu'il entrait dans une pièce ? Ou sa gorge de se serrer quand il lui parlait ? Comment ne pas s'émouvoir à la vue de son corps bronzé, souvent torse nu, lorsqu'il déambulait dans un couloir ou au bord de la piscine ? Le moindre de ses mouvements, sa démarche, le reflet d'un rayon de soleil sur ses cheveux, tout la jetait dans une confusion extrême, et suscitait un désir qu'elle avait beaucoup de mal à contrôler.

Leah se leva pour retourner à l'intérieur. Elle n'aimait pas laisser Gabriel seul trop longtemps, même quand il venait de s'endormir. Depuis que Jaco avait évoqué des dangers tapis dans l'ombre, elle avait peur. Il était certainement impliqué dans des trafics louches, avec des gens malhonnêtes et sans scrupules.

Néanmoins, d'une manière inexplicable, la présence de Jaco lui procurait aussi un étrange sentiment de sécurité. Dans son for intérieur, elle avait l'intime conviction que Gabriel ne risquait rien tant que son père était là pour le protéger. Il émanait de lui une telle autorité, une telle puissance que tout péril semblait inconcevable. D'ailleurs, ne les cachait-il précisément ici pour les mettre à l'abri ?

Tout était tranquille et silencieux dans la villa. Elle voulut passer par la cuisine pour se faire une tasse de thé, mais changea brusquement d'avis en voyant la porte de sa chambre grande ouverte. Le cœur battant, elle se précipita. Et s'immobilisa sur le seuil.

Jaco était là, de dos. Penché au-dessus du berceau, il ne l'avait pas entendue. Elle s'écarta légèrement, sans le quitter des yeux. Gabriel, qui commençait à s'agiter, leva un bras.

— *Ciao, piccolo uomo*, murmura Jaco.

Bonjour, petit homme, traduisit mentalement Leah. Jaco tendit un doigt et Gabriel s'en saisit tandis qu'elle regardait, fascinée.

— Très bien, poursuivit Jaco. Je suis ton *papà*, et très heureux de faire ta connaissance.

De sa main libre, il caressa doucement les boucles du bébé. Leah était stupéfaite. Jusqu'alors, Jaco n'avait pas manifesté le moindre intérêt pour son fils.

— *Va bene.*

Il roula des épaules, comme pour se préparer mentalement.

— Je vais te prendre dans mes bras, tu veux bien ?

Il hésita une fraction de seconde.

— Et voilà.

Il le souleva avec précaution et l'observa sous tous les angles, puis de face.

— Tu es un drôle de phénomène !

Comme pour répondre, Gabriel se mit à remuer bras et jambes, sans quitter son père des yeux.

Jaco lui sourit.

— Et plein de vie.

Après avoir installé l'enfant au creux de son bras avec beaucoup de délicatesse, Jaco le serra contre lui.

— Tu es bien, là ?

Lui n'avait pas l'air très à l'aise. Les muscles de ses biceps saillaient sous la peau bronzée et il avait visiblement peur de ne pas savoir s'y prendre. Mais Gabriel ne protestait pas et continuait à l'observer avec un mélange de surprise et d'adoration.

Leah retint son souffle et s'appuya contre le montant de la porte. Elle ne s'était pas attendue à éprouver une émotion aussi intense, viscérale, à la vue de son fils dans les bras de son père. Elle était littéralement fascinée par le lien mystérieux qui les unissait. Le contraste entre ces deux êtres, l'un minuscule et fragile, l'autre immense et invincible, la bouleversait.

Le destin pourtant les réunissait comme si cet instant était prévu de toute éternité.

Elle se secoua et se ressaisit avant de pénétrer dans la pièce.

*
* *

— Qu'est-ce que tu fais ? s'écria Leah, avec une agressivité superflue.

Jaco lui fit face avec un calme olympien.

— À ton avis ? Je fais connaissance avec mon fils, c'est aussi simple que cela.

Elle s'avança, résolue.

— Donne-le-moi, maintenant.

Mais Jaco ne l'entendait pas ainsi.

— Attends un peu. Nous commençons tout juste à nous découvrir.

Encore sous le coup de l'émotion, Leah réagit un peu trop vivement et tendit les bras avec impatience. Mais Jaco ne bougea pas, aussi immobile qu'une statue de bronze.

— Laisse-le un peu avec moi.

— Qu'est-ce qui te prend ? Tu lui as à peine accordé un regard, jusqu'à maintenant.

Son manque d'intérêt avait d'abord surpris Leah. Au lieu de s'approprier son fils comme elle avait imaginé qu'il le ferait, Jaco l'avait ignoré. Il se détournait quand elle arrivait avec lui dans les bras, quittait la terrasse lorsqu'elle l'installait par terre sur une grande serviette. Pas une fois, depuis neuf jours qu'ils se côtoyaient, il ne s'était enquis de son bien-être ou de sa santé.

Convaincue de son indifférence, elle avait presque été soulagée. Certes, l'attitude de Jaco la blessait. Elle ne comprenait pas qu'il reste insensible à l'existence du merveilleux bébé qu'ils avaient créé tous les deux. Cependant, d'un autre côté, cela valait mieux. Le comportement de Jaco démontrait qu'il n'était pas fait pour être père. Elle avait eu raison de quitter cet homme sans cœur.

— J'ai mis un peu de temps à accepter cette paternité inattendue, admit-il avec calme. Mais c'est un peu normal, étant donné les circonstances. Contrairement à toi, la nouvelle m'est tombée dessus d'un coup.

Il marqua une pause et baissa les yeux sur Gabriel, qui gigotait avec allégresse.

— En tout cas, je m'habitue à l'idée, et je dois dire que c'est *un bel bambino.*

Il plaça une paume protectrice sur le crâne du petit bébé.

— Oui, un bel enfant, vraiment.

Leah le foudroya du regard. Elle ne supportait pas qu'il porte un jugement sur son précieux bébé.

— De toute manière, il est inutile de nouer un lien avec un enfant qui ne vivra pas avec toi.

Il la toisa d'un air glacial.

— *Mi dispiace ?* Pardon ? Qu'est-ce qui te fait penser cela ?

— Eh bien…

Elle s'obligea à soutenir son regard.

— Une fois que tu auras réglé ton affaire, Gabriel et moi retrouverons notre liberté. Et j'imagine que tu ne nous importuneras plus.

Le ton sarcastique ne masquait pas complètement son inquiétude.

— Eh bien, tu te trompes, déclara-t-il d'un ton sec. J'ai l'intention de jouer pleinement mon rôle auprès de mon fils.

Leah grimaça, moqueuse.

— Vraiment ? Cela me paraît difficile. Je te rappelle que j'habite à Londres.

Un silence tomba, lourd de menaces. Avant même de finir sa phrase, Leah avait senti un piège s'ouvrir sous ses pieds. Elle attendait la suite avec appréhension.

— J'ai beaucoup réfléchi, dit Jaco. À mon avis, Capezzana serait la meilleure solution.

— Que veux-tu dire ?

En fait, elle n'avait pas du tout envie d'entendre la réponse…

— Pour notre existence à tous les trois.

— Nous trois ? s'exclama-t-elle, prise de court.

— *Sí*. Toi, Gabriel et moi.

— Non ! Certainement pas. Ce *nous* n'existe pas.

— Maintenant, si.

Il changea Gabriel de bras, avec déjà beaucoup plus d'assurance.

— Ne sois pas ridicule, s'écria Leah. Il n'est pas question que Gabriel et moi nous installions à Capezzana.

— Pourtant, tu as sauté sur l'occasion la première fois que je t'ai proposé cela, observa-t-il d'une voix aigre-douce.

Leah jeta un regard circulaire, comme si elle cherchait à quoi se raccrocher.

— Les circonstances étaient très différentes. À l'époque, j'avais besoin de changement et je n'avais pas de travail.

— Tu en as un, maintenant. Tu es la mère de mon enfant.

Le sang afflua au visage de Leah. Ses mains la démangeaient de gifler Jaco pour lui ôter cet insupportable sourire suffisant. Comment osait-il lui parler ainsi ? De quel droit se permettait-il de lui dicter sa conduite ? Et depuis quand Gabriel était-il *son* enfant ?

— Ne prends pas ce ton supérieur avec moi ! Et épargne-moi tes conseils !

Surpris par cet éclat, Gabriel sursauta et se tourna vers elle tandis qu'elle poursuivait, toujours aussi furieuse :

— Cela fait trois mois que j'assume parfaitement ma tâche au quotidien.

— Je le sais.

— Non, je ne crois pas.

À présent, elle était lancée, incapable de s'arrêter.

— Tu n'as aucune idée de ce que cela représente. Tu n'imagines pas ce que c'est d'être responsable d'un nouveau-né pour une femme seule. On s'inquiète de tout, du moindre détail. On se demande constamment s'il a trop chaud ou trop froid, s'il a assez mangé ou pas assez, si ses rougeurs sont un symptôme d'allergie ou de maladie. Parfois, on n'arrive pas à l'endormir et… et…

Elle s'interrompit, tremblante.

— Oui, Leah ? Continue.

Elle prit une profonde inspiration.

— D'autres fois, quand il ne se réveille pas de la nuit, on panique en imaginant le pire. On se lève le cœur battant pour s'assurer que tout va bien et le serrer contre soi, l'entendre respirer, sentir la chaleur de son petit corps bien vivant.

Elle se tut soudain. Elle regrettait d'en avoir trop dit et porta les mains à ses joues cramoisies.

Un silence gêné tomba. Durant de longues secondes, Jaco dévisagea Leah, dont les traits délicats s'étaient empourprés. Ses yeux couleur de feuilles d'automne le fascinaient depuis la toute première fois où il l'avait vue. Ils brillaient de vivacité lorsqu'elle riait, lançaient des étincelles quand elle se mettait en colère, s'assombrissaient de désir dans le feu de l'amour… Mais en ce moment, ils se voilaient d'angoisse et de fatigue ; ils révélaient toutes ses peurs de ces derniers mois, l'écrasante responsabilité qu'elle avait endurée. *Seule*.

Son cœur se serra douloureusement. La trahison de Leah l'avait rendu tellement furieux qu'il n'avait pas encore considéré la situation de son point de vue à elle. Il était fou de rage qu'elle ait donné naissance à son fils sans rien lui dire, en gardant le secret.

Le haïssait-elle si fort, au point d'avoir supporté tant d'épreuves sans demander son aide ? Pour quelle raison ? Que lui avait-il fait ? Depuis qu'il avait dû interrompre leur conversation, au moment où elle allait s'expliquer sur son départ subit et les motifs de sa colère, il n'avait plus pu aborder le sujet. Toutes ses tentatives s'étaient heurtées à un refus catégorique.

Peu importait maintenant, de toute façon. Jaco ne pouvait pas revenir en arrière pour corriger le passé. Mais il pouvait décider de l'avenir. Dorénavant, il serait là pour eux, que Leah le veuille ou non. À partir de maintenant, elle et leur fils seraient sa priorité essentielle.

— Tu as raison, déclara-t-il enfin avec emphase. En effet, je n'avais aucune conscience de la réalité.

Leah se hérissa et crispa les mâchoires. Elle paraissait prête à se battre, à mobiliser dans le même temps toutes ses forces pour cacher sa vulnérabilité. Mais Jaco en avait assez de compter les points et d'essayer de comprendre le fonctionnement de Leah.

Il se baissa pour recoucher Gabriel dans son berceau, puis reprit la discussion :

— Je vois bien que tu as traversé des moments très durs.

— Oui…, répliqua-t-elle, sur la défensive.

— Mais tout va changer. Tu n'es plus seule. À compter d'aujourd'hui, je serai là pour m'occuper de vous deux.

— Je ne t'ai rien demandé.

— Tu n'as pas le choix.

— Mais…

— J'ai pris ma décision.

Il s'approcha et, d'un geste autoritaire, lui prit le menton entre le pouce et l'index et plongea le regard dans le sien.

— Gabriel et toi, vous allez venir vivre avec moi.

Ses mots se muèrent en certitude pendant qu'il les prononçait. Jaco ignorait s'il agissait ainsi pour le bien de son fils ou pour alléger le fardeau de Leah, mais une autre raison, infiniment plus puissante, émergeait tout au fond de lui : il voulait Leah dans son lit.

Il la contempla. Il faillit tendre les doigts vers la fleur violette, derrière son oreille, qui accentuait sa beauté candide. Ce geste naturel le touchait car il lui rappelait la Leah d'avant, celle qu'il avait connue avant l'événement qui l'avait métamorphosée.

Le souffle court, il baissa les yeux sur ses lèvres pulpeuses. Aussitôt, l'aiguillon du désir le transperça, menaçant d'annihiler sa maîtrise de lui-même.

Devant elle, inexplicablement, ses résolutions les plus fermes se réduisaient en poussière. Il avait tellement envie de l'embrasser qu'il en tremblait presque. Pourtant, il refusait de céder à la faiblesse. Pas maintenant. Le moment était mal choisi. Il devait se contenter des promesses à venir. Car il ne doutait pas de ce qui arriverait. Tôt ou tard, l'attirance qu'ils éprouvaient l'un pour l'autre aurait raison des obstacles qui se dressaient pour les séparer. Il en avait l'intime conviction. C'était inéluctable.

Il lui lâcha le menton pour la serrer dans ses bras, avec une douceur inaccoutumée. Au moins, il n'était plus tenté par sa bouche et pouvait presque se convaincre qu'il faisait cela pour la consoler. Leah ne protesta même pas.

Ils demeurèrent enlacés pendant quelques minutes. Quand Leah posa la tête au creux de son épaule, il respira le parfum de ses cheveux. Une légère euphorie l'envahit, comme des bulles de champagne. Mais l'instant ne dura pas. Leah bougea, le charme se rompit et il s'écarta un peu. Elle avait une expression tourmentée.

— Non, Jaco. Je ne veux pas. J'ai lutté dur pour conquérir mon statut de mère célibataire. Je refuse d'abandonner ma liberté et mon indépendance. Je les ai payées trop cher.

— Ta *liberté* et ton *indépendance* ? rétorqua-t-il, ironique. Tu arranges un peu la réalité. Tu as plutôt vécu trois mois d'angoisse et de difficultés.

— Aussi, oui… Malgré tout, je…

— Eh bien, c'est fini ! coupa Jaco. Le passé est derrière toi. À partir de maintenant, je prendrai soin de vous deux.

— Non.

Elle recula en le repoussant avec fermeté.

— Je ne m'installerai pas chez toi avec Gabriel. Je ne peux pas te laisser diriger nos vies, décider de notre avenir.

— Si, c'est tout à fait possible.

Il serra ses deux mains dans les siennes et les posa sur son cœur.

— Tu le peux et tu le feras.

6.

Assise devant le miroir, Leah étudiait son reflet avec un regard critique. Avant, elle prenait toujours grand soin de son apparence, lissait ses boucles auburn indisciplinées et mettait ses yeux en valeur par un savant maquillage. Mais depuis quelque temps, elle n'y prêtait plus la moindre attention. Préoccupée par sa grossesse et son installation à Londres, elle avait eu bien d'autres soucis. Et depuis l'accouchement, elle n'avait plus une minute à elle pour se pomponner. De toute manière, Gabriel était le seul homme de sa vie et son fils l'adorait telle qu'elle était.

Elle fronça les sourcils en observant les taches de rousseur sur son nez. Deux semaines au soleil méditerranéen avaient redonné à son teint l'éclat qui lui faisait défaut depuis plusieurs mois. Ses cernes avaient disparu, tout comme les signes de fatigue. Elle avait meilleure mine et paraissait reposée. Pour une raison inconnue, Gabriel dormait mieux. Ces trois dernières nuits, il ne s'était pas réveillé une seule fois.

L'environnement était très calme, sans sirènes de police, bruits de la rue ou musique dans les appartements voisins. Son bébé s'était apaisé, comme s'il se sentait chez lui. Ce qui était ridicule ! En tout cas, elle avait complètement récupéré et cela se voyait sur son visage.

Leah fouilla dans sa trousse de maquillage, appliqua

une ombre à paupières couleur bronze, un peu de mascara et une touche de blush et de rouge à lèvres. Le résultat la surprit. Elle se ressemblait davantage, sauf pour les cheveux ; hélas, dans la précipitation du départ, elle n'avait pas songé à prendre son fer à lisser.

Elle ôta l'élastique de sa queue-de-cheval et entreprit de brosser vigoureusement sa chevelure désordonnée. Enfin prête, elle se leva et tira sur l'ourlet de sa mini-robe dos nu, à peu près la seule tenue élégante à sa disposition. Elle avait emporté très peu de vêtements et retrouvait avec plaisir sa silhouette d'avant la grossesse.

Le tissu en jersey moulait peut-être un peu trop ses hanches et sa poitrine… *Oh ! et puis tant pis !* se dit-elle en attrapant le babyphone. Après un dernier regard à Gabriel, elle se dirigea vers le salon. De toute manière, peu importait. Jaco voulait lui parler de ses projets d'avenir. Il n'était absolument pas question d'autre chose, n'est-ce pas ?

Même si Leah avait beaucoup de mal à envisager un futur avec Jaco, elle n'avait pas vraiment le choix. Après tout, il était le père de Gabriel, et sa détermination, sa fortune et son influence rendaient futile toute idée de résistance. Pire, en se débattant, elle s'infligerait des souffrances et des difficultés inutiles.

Donc, lorsqu'il avait suggéré de discuter au cours d'un dîner qu'il aurait lui-même préparé, elle avait accepté ; de mauvaise grâce et malgré ce que lui avait soufflé son instinct. Elle espérait tout de même qu'il serait possible de faire entendre raison à Jaco. Car il était évident qu'ils ne pourraient pas vivre ensemble tous les trois. Cela ne marcherait jamais.

Il n'y avait personne dans l'immense espace de la pièce à vivre quand Leah arriva. Une brise légère soufflait par les portes-fenêtres grandes ouvertes.

Ignorant la bande d'eau bleue qui divisait le salon en deux, elle alla se tenir sur le seuil pour contempler le vaste horizon de mer et de ciel qui baignait dans la lumière du couchant. Les cigales chantaient dans les oliviers, et une délicieuse odeur de jasmin et de lavande flottait dans l'air.

Si Jaco Valentino ne l'avait pas amenée ici de force, elle aurait été au paradis. Or sa présence gâchait tout et rendait son séjour infernal plus que paradisiaque.

Un bruit sur sa gauche lui fit tourner la tête. Jaco remontait du jardin en terrasse. Vêtu d'un jean noir et d'un T-shirt blanc, bronzé et détendu, il était plus beau que jamais.

Allez, ma fille, reprends-toi ! N'oublie pas qui est cet homme.

Jaco releva ses lunettes de soleil et l'examina de pied en cap.

— Tu es…

Il s'interrompit. Leah guetta la suite le cœur battant.

— *Molto bella.*

— Merci.

Embarrassée par le compliment, elle osait à peine le regarder.

— Qu'est-ce que c'est ? demanda-t-elle en apercevant un petit bouquet d'herbes aromatiques dans sa main.

— De l'origan. Il pousse à profusion et à l'état sauvage, par ici.

Il écrasa une feuille entre ses doigts pour la lui faire sentir. Leah respira l'odeur en fermant les paupières. Pendant quelques secondes, le temps s'arrêta.

— Bon…, dit enfin Jaco en brisant le silence d'une voix altérée. Je vais me remettre à la cuisine.

— Je peux t'aider ?

Elle avait désespérément besoin de s'occuper l'esprit pour échapper à la tension sexuelle qui l'étreignait comme un étau.

— Non, non, je m'occupe de tout.

Comme d'habitude…

Le corps de Leah vibrait tout entier après ce bref échange, jusqu'au bout de ses terminaisons nerveuses. La lueur qui brillait dans les yeux de Jaco la troublait intensément. Elle reconnaissait le même désir qui avait surgi entre eux à leur première rencontre.

Elle retourna dans le salon et s'installa au bout de la table en verre, sur laquelle Jaco avait dressé deux couverts. Comment pouvait-il produire encore autant d'effet sur elle ? Son cœur battait à tout rompre, ses seins se dressaient, tout son être se tendait vers lui. Pourtant, il l'avait trahie et elle avait souffert de découvrir l'homme qu'il était vraiment. Mais rien n'y faisait.

Et apparemment, il ressentait la même chose…

Il revint avec un seau à glace et déboucha d'un geste expert une bouteille de *spumante*. Puis il remplit deux flûtes et s'assit en face d'elle.

— Goûte-moi cela. J'aimerais avoir ton avis.

— C'est du vin de ta propriété de Capezzana ?

Il hocha la tête.

— *Sí*. Notre premier crémant. Un mélange de chardonnay et de *pino nero*, selon la traditionnelle *metodo classico*.

Leah but une gorgée et sentit les bulles glisser en douceur dans sa gorge.

— C'est délicieux.

Elle porta de nouveau le verre à ses lèvres et garda le vin un peu plus en bouche avant de l'avaler.

— Des touches de vanille et de citron… Sec mais plein d'arômes complexes.

Jaco lui sourit.

— Excellente appréciation. Tu n'as rien oublié.

Gênée tout à coup, Leah baissa la tête.

— Tu as commencé à le commercialiser ?

— Non, pas encore.

Il plissa les yeux, le regard malicieux.

— J'ai perdu ma directrice marketing l'année dernière et n'ai pas encore réussi à la remplacer.

Leah se raidit.

— Il ne manque pourtant pas de candidats qui seraient ravis de prendre ma succession, rétorqua-t-elle.

— Peut-être. Mais pas aussi bons que toi, Leah.

— Je n'ai rien accompli d'extraordinaire.

— C'est faux, tu le sais aussi bien que moi. Tu t'es acquittée de ta tâche avec beaucoup de talent.

Elle s'empourpra.

— J'aimerais que tu t'impliques de nouveau, poursuivit Jaco.

— Tu m'offres un job ? s'écria-t-elle, surprise.

— Non.

— Tant mieux. Cela m'évitera de te dire non.

Un muscle tressaillit sur la joue de Jaco. L'avait-elle décontenancé ? Si tel était le cas, il n'en montrait rien.

— Ce n'est pas un job que je te propose…

Il s'interrompit un instant pour déguster son vin.

— … plutôt un mode de vie, reprit-il. Un avenir. Un endroit où t'installer et t'enraciner avec Gabriel. J'aimerais que tu joues un rôle actif dans la gestion du vignoble.

Manifestement, cette proposition représentait beaucoup pour lui, mais Leah n'en éprouvait aucun réconfort, bien au contraire. Elle avait l'impression de manquer d'air, comme si les liens qui se renouaient lui comprimaient la poitrine et l'enfermaient dans un filet trop serré.

— Tu veux nous mettre au travail ? plaisanta-t-elle pour cacher son malaise. Quand Gabriel sera plus grand, il pourra faire les vendanges et fouler le raisin à l'ancienne.

— Pourquoi pas ? Après tout, c'est une affaire familiale.

Il lui avait retourné son sarcasme avec une ironie qui la blessa.

Leah l'observa à travers ses cils baissés. « Une affaire familiale. » Elle connaissait le sens de cette expression chez les Siciliens orgueilleux comme Jaco. Elle n'avait aucune chance de lutter contre l'emprise du clan.

Elle but une nouvelle gorgée, en espérant calmer son anxiété croissante.

La détermination de Jaco effrayait Leah. Pourquoi voulait-il à tout prix les accueillir à Capezzana alors qu'il avait tant d'autres propriétés à travers le monde ? Sans savoir pourquoi, elle y voyait un signe de danger, une menace diffuse. Cette propriété appartenait à sa famille depuis de nombreuses générations. Ses parents biologiques en étaient propriétaires avant le tragique pseudo-accident qui leur avait coûté la vie. Jaco l'avait rachetée quelques années auparavant, et le *palazzo*, restauré, avait retrouvé sa splendeur passée. Les vignes étaient maintenant cultivées selon des méthodes naturelles, ancestrales, qui bannissaient les produits chimiques.

— Tu as grandi à Capezzana, n'est-ce pas ?

demanda-t-elle avec une fausse désinvolture, comme un otage qui engage la conversation avec son ravisseur.

— Oui, répondit Jaco d'un ton brusque. Jusqu'à l'âge de cinq ans.

— Quand tes parents sont morts ?

— *Sí.*

— Tu es très attaché à ce domaine ?

— Oui, acquiesça-t-il, sur la défensive. C'est la seule propriété avec une véritable histoire familiale, donc tout indiquée pour accueillir mon fils.

Les pires craintes de Leah se confirmaient. Que pouvait-elle objecter à de tels arguments ? Elle était démunie.

— Ma propre famille ne compte pas, j'imagine ? objecta-t-elle à tout hasard.

— Ta sœur et ton neveu vivent déjà ici, en Sicile. Ton père sera le bienvenu pour vous rendre visite, n'importe quand.

Il prit une pause et planta le regard dans le sien.

— Tu pourras retourner en Écosse aussi souvent que tu le souhaites, mais Gabriel grandira à Capezzana.

— Quand l'as-tu décidé ? Et pourquoi ?

— Cela ne sert à rien de discuter, Leah. Autant te rendre à l'évidence.

Avec un calme exaspérant, il se leva et quitta la table pour se rendre dans la cuisine.

— Bien… Comment aimes-tu le steak ? demanda-t-il par-dessus son épaule, avec une arrogance incroyable.

Donc, le sujet était clos ? Tout était réglé d'avance ? Il avait une curieuse idée de la discussion… Cela se bornait à imposer son point de vue, sans appel.

Bouillant de rage contenue, Leah reposa bruyamment son verre et le suivit. Elle se positionna dans l'embrasure, les poings sur les hanches, mais Jaco s'affaira sans lui prêter la moindre attention, ce qui l'échauffa encore davantage. Après avoir allumé le gril, il effeuilla les branches d'origan dans un mortier, puis les broya avec des gousses d'ail et de l'huile d'olive pour en faire une pâte.

Elle ignorait qu'il avait des talents de cuisinier. En fait, elle ne savait pas grand-chose de Jaco Valentino.

Il badigeonna généreusement les steaks.

— À point pour toi ? questionna-t-il. J'aime la viande à peine cuite, bleue, mais tout le monde n'est pas comme moi.

— Ah, j'ai le choix ? fulmina-t-elle. C'est étonnant. Puisque tu prends le contrôle de mon existence, tu pourrais aussi bien m'imposer tes goûts culinaires.

Son sarcasme tomba à plat. Elle avait un débit précipité, mal assuré. Quand Jaco se retourna, elle s'empourpra violemment.

— Pourquoi ferais-je une chose pareille ? lança-t-il d'une voix doucereuse. J'ai toujours été à l'écoute de ta sensualité délicate. Je m'en voudrais de te contrarier sur ce plan-là. J'attache trop d'importance au plaisir des sens.

Cramoisie, Leah chercha désespérément une réplique mordante, mais c'était trop tard. Profitant de son embarras, Jaco suivit du bout du doigt la ligne de sa mâchoire, puis glissa la main sous sa chevelure pour la prendre par la nuque et l'attirer vers lui. Le sang afflua aux tempes de Leah. Elle aurait dû le repousser, mais il lui caressait la joue avec son pouce et ce contact anéantissait ses résistances.

Quand il baissa la tête et qu'elle sentit son souffle chaud sur sa peau, ses lèvres la picotèrent ; elle les entrouvrit d'instinct, malgré elle.

Jaco lui infligea un baiser ardent, mais cruellement

dominateur. En même temps, il la serrait de façon sauvage contre lui, comme pour annihiler sa volonté et ses facultés de raisonnement.

Sous cet assaut érotique, tandis que leurs langues se mêlaient, que leurs lèvres se meurtrissaient avec rudesse, Leah eut l'impression de perdre pied. Les vagues de sensations se succédaient, dans une frénésie incontrôlable. La maîtrise de ses réactions lui échappait.

Jaco la prit par les épaules, plaqua les paumes sur son dos dénudé et descendit plus bas, jusqu'aux fesses, en se glissant sous le tissu de la robe. Quand il la pressa contre son bas-ventre, elle fut happée tout entière par une spirale de désir irrépressible.

Le souffle court, la démarche titubante, Jaco la poussa contre le mur, puis recommença à l'embrasser à en perdre haleine.

— *Dio*, Leah... Regarde dans quel état tu me mets ! Que se passe-t-il ?

Elle aurait pu lui retourner la question, mais les mots lui manquaient. Elle était incapable de prononcer un son.

Exsudant l'autorité et la puissance virile, il la dominait de toute sa hauteur. Quand ses doigts remontèrent à l'intérieur de ses cuisses, elle se mit à trembler. Puis il effleura le bord de sa petite culotte en dentelle, très légèrement, et Leah s'immobilisa ; elle osait à peine respirer.

Elle était déchirée entre deux sentiments : d'un côté, elle l'implorait en silence, juste avec son corps, de poursuivre son exploration, tandis que sa conscience, dans le même temps, lui commandait de le repousser. C'était pure folie.

Les doigts de Jaco atteignirent bientôt son sexe, qui palpitait déjà d'un plaisir défendu. Elle aspirait de tout son être à connaître une nouvelle fois la magie fabuleuse des caresses de cet amant formidable. Lui seul savait la plonger dans les abîmes de la volupté. Jamais elle ne se donnerait à un autre que lui.

Elle gémit doucement, arquant les reins à sa rencontre, dans un langage muet mais éloquent. Elle n'avait jamais pu se défendre contre le magnétisme sexuel qui émanait de Jaco, et il le savait fort bien.

Il répondit par un soupir de satisfaction, et Leah ferma les paupières. Elle les rouvrit aussitôt quand un bruit strident lui perça les tympans.

Jaco poussa un juron, la lâcha et se précipita vers la cuisinière. Le steak, en train de se calciner, avait déclenché l'alarme incendie.

— *Sanguinoso inferno !*

Il continua à pester en italien, éteignit le gril et sortit la viande, puis monta sur la table pour désamorcer le détecteur de fumée et faire cesser la sirène assourdissante. À la suite de quoi, il contempla le désastre.

— Tu avais dit carbonisé, non ?

Sans pouvoir s'en empêcher, Leah éclata de rire.

— Fais voir ta main ! Tu t'es brûlé, dit-elle en s'approchant.

— Ce n'est rien.

Elle examina les doigts de Jaco. Des cloques se formaient déjà.

— Il faut mettre de l'eau froide.

Elle joignit le geste à la parole et le tira jusqu'à l'évier. Elle ouvrit le robinet, et ordonna à Jaco de ne pas bouger.

— Tu ferais une bonne infirmière, la taquina-t-il. Autoritaire, mais sexy.

— Reste là pendant que je nettoie un peu.

Elle se détourna, troublée de retrouver le Jaco qu'elle connaissait… ou plutôt qu'elle avait cru connaître. Drôle, charmeur, comme avant.

Il la rattrapa par l'épaule.

— Laisse, Leah.

— Il faut bien que…

— Je te dis de laisser cela, ordonna-t-il en retrouvant son sérieux.

Il ferma le robinet et la prit contre lui.

— Où en étions-nous ?

— Jaco… Je…

Mais sa bouche avait déjà pris la sienne, l'empêchant de protester. Lorsqu'il la souleva dans ses bras, elle enfouit le visage au creux de son cou et huma avec délices son odeur, un mélange de musc et de senteurs boisées. Elle sut à ce moment-là que tout était perdu.

Il retourna dans le salon, la déposa sur le tapis et recommença à l'embrasser, pendant que Leah l'enlaçait et lui caressait le dos. Il se redressa un instant pour enlever son T-shirt, qu'il jeta par terre.

Elle contempla avec émotion son torse sculptural, avec sa large carrure, ses muscles impressionnants, sa toison brune qui descendait jusque sous la taille du jean. Cet homme était la perfection incarnée.

Elle lui ébouriffa les cheveux, mais il lui emprisonna les poignets. Un désir brut, animal, brillait dans son regard.

— Je te veux, déclara-t-il d'une voix rauque.

Il emmêla ses doigts dans les siens et ils avancèrent en chancelant, pour s'immobiliser au bout de deux pas sur les grands carreaux de verre, au-dessus de l'eau scintillante de la piscine.

Les yeux rivés au visage de Leah, Jaco lui retroussa la robe jusqu'à la taille. Avec un grognement sourd, il enserra ses fesses au creux de ses paumes. Elle déboutonna son pantalon en tremblant, impatiente de toucher son sexe érigé. Jaco vola à son secours : en une seconde, il fut complètement nu.

Il fit glisser la culotte de Leah le long de ses jambes et s'agenouilla à ses pieds, qu'il souleva l'un après l'autre, délicatement.

Elle fixait avec une sorte de fascination ses cheveux bruns et sa peau bronzée, en savourant les prémices du plaisir qu'il allait lui donner.

Il se releva, l'étreignit, et la poussa à reculons jusqu'au canapé de cuir blanc, sur lequel ils s'effondrèrent en même temps. Les jambes enchevêtrées, les bouches soudées l'une à l'autre, ils ne formaient déjà plus qu'un, leurs souffles indissociables.

Leah essaya de se dégager pour finir d'enlever sa robe et la passer par-dessus la tête, mais Jaco l'en empêcha. Il l'amena au-dessus de lui, avant de la saisir par les hanches pour l'obliger à s'accroupir pendant qu'il se positionnait. Puis, au bout d'une seconde qui sembla suspendue dans le temps, il plongea en elle, d'un seul coup, profondément.

Une exclamation s'échappa de la gorge de Leah, dont les ongles s'enfoncèrent dans le dos de son amant. Quelles sensations merveilleuses ! Cela faisait si longtemps qu'elle n'avait pas éprouvé cette extraordinaire intimité, cette urgence fébrile qui la gagnait tout entière...

Quand Jaco commença à bouger en elle, le rythme érotique, primitif de ses mouvements l'emporta aussitôt dans un maelström étourdissant. Tout rentrait dans l'ordre, comme par magie, comme si son corps endormi n'attendait que cet instant, depuis une éternité. Son prince charmant l'avait enfin réveillée. Les frémissements et les frissons gagnaient en intensité. Bientôt le raz-de-marée déferlerait, elle ne pourrait pas se retenir beaucoup plus longtemps.

— Attends un peu.

Avec un son guttural, Jaco agrippa ses hanches plus fermement, pour la contraindre à l'immobilité pendant qu'il accentuait ses va-et-vient. Les paupières mi-closes, Leah le regarda. Même dans un moment pareil, au bord de l'extase, Jaco luttait pour garder le contrôle et lui imposer sa volonté.

Eh bien, elle allait lui désobéir.

Prenant de toutes ses forces appui sur son torse, Leah se redressa en s'arc-boutant et rejeta la tête en arrière. Jaco lui donnait peut-être un plaisir à nul autre pareil, mais il ne lui dicterait pas ses réactions.

Elle lâcha prise, complètement, et s'abandonna sans plus se soucier de rien à l'orgasme qui montait. Peu importait où cela la menait. Elle bascula par-dessus le bord de la falaise et dégringola en chute libre dans le précipice, secouée par des soubresauts irrépressibles. Le visage renversé vers le plafond, elle agita la tête de droite et de gauche, tandis que ses cheveux retombaient en cascades dans son dos. Des spasmes violents la secouèrent, jusqu'à l'étourdissement.

Au milieu de cette ivresse euphorique, elle eut malgré tout conscience que le plaisir de Jaco explosait en même temps. Dans un même élan, ils crièrent tous les deux le prénom de l'autre.

7.

Jaco observait Leah pendant que son pouls et sa respiration revenaient lentement à la normale. À califourchon sur lui, elle relâchait peu à peu la pression de ses mains sur son torse. Son visage rejeté en arrière se perdait un peu dans l'ombre, au-dessus de la ligne parfaite du cou et des épaules. Elle était vraiment très belle.

Il avait envie de lui faire l'amour depuis leur arrivée sur l'île. Non, depuis beaucoup plus longtemps en réalité… Elle habitait ses fantasmes depuis la dernière fois qu'ils s'étaient vus, la nuit où son fils avait été conçu.

Tout au long de l'année écoulée, il avait essayé de l'oublier, de se convaincre que Leah McDonald n'était rien pour lui. C'était la première fois qu'une femme le quittait et son orgueil en avait été ébranlé. Avec le temps, la blessure s'était un peu estompée, mais pas la rancœur. Au fond de lui subsistait l'espoir de la reconquérir, de prouver, à lui-même mais aussi à elle, qu'il avait le pouvoir de recréer l'alchimie magique de leur première rencontre. Souvent, il rêvait qu'elle criait de nouveau son prénom dans le plaisir.

Il avait été exaucé. Certes, lui aussi avait perdu le contrôle… Mais pour le moment, il préférait ne pas analyser ses réactions.

Quand Leah se redressa, la confusion, sur son visage,

Le mélange d'émotion, c
qui perçait dans sa voix la c
Oh ! mon Dieu.
Elle blêmit et la tête se m
chape de plomb qui l'écrasa
respirer, mais en même te
de l'abominable erreur qu'e
accusé Jaco d'un crime do
injustement puni en lui cach
— Tu te sens bien ?
La voix de Jaco parvin
oreilles. L'inquiétude y a
autoritaire.
— Leah ? insista-t-il e
son front.
— Oui.
Elle essaya de rire, sans
— Oui, bien sûr, je me
— Assieds-toi, tu ne tie
Sans attendre sa réponse,
là où, quelques instants plus t
une passion échevelée. Lor
d'ébène dans le sien, la com
de ses pupilles acheva de la
— Tu es très pâle, dit-il
bout du doigt. Tu es sûre qu
— Oui, vraiment.
Elle se redressa, au prix
paraître normale.
— Mais je boirais volon
— Ne bouge pas. Je revi
Leah s'obligea à inspirer
était sa sœur ! Cela changea
Cela n'expliquait pas la fur

l'image d'une femme comblée, heureuse. Cette nuit d'amour avait rallumé au fond de ses yeux une étincelle éteinte depuis trop longtemps.

Elle se dirigea vers sa chambre et s'arrêta sur le seuil pour contempler le charmant tableau qui s'offrait à elle : Gabriel gigotait sur le lit en agitant bras et jambes pendant que Jaco essayait de lui mettre une couche.

— Allez, fiston, aide-moi !

Mais Gabriel se tortillait dans tous les sens.

— Oh ! lala !

Jaco se gratta le sommet du crâne. Il semblait se demander comment procéder.

— Un problème ? demanda Leah en entrant.

— Non, pas du tout. Qu'est-ce qui te fait croire une chose pareille ? répliqua Jaco avec humour.

Ils éclatèrent de rire au même moment.

— Si tu me montres, je ferai mieux la prochaine fois.

Leah prit les chevilles du bébé dans une main et repositionna la couche.

— Si tu faisais du café pendant que je le nourris ? proposa-t-elle.

— *Buona idea.*

Jaco l'embrassa sur la bouche avant de disparaître.

Quand Jaco revint dans la chambre, Leah était assise dans son lit, avec Gabriel au sein. Il s'immobilisa pour observer la scène, la gorge serrée par l'émotion. Le bébé avait saisi une mèche de cheveux et s'y cramponnait, pendant que Leah chantonnait doucement. Pour la première fois, il ne se sentait pas exclu. Ils formaient une famille, tous les trois. *Sa* famille. Son cœur se gonfla d'orgueil.

— Fais-moi une place.

Il s'approcha pour poser la tasse de Leah sur la table de nuit, puis fit le tour du lit pour se mettre sous les draps avec eux.

D'abord surprise, Leah obéit et se poussa.

— Merci.

Jaco but une gorgée de café et tendit la main pour caresser délicatement les cheveux de son fils.

— Tout va bien ?

— Il a presque fini.

Et en effet, quelques secondes plus tard, Gabriel arrêta de téter.

— Donne-le-moi pendant que tu bois ton café, si tu veux, dit Jaco.

— D'accord.

Il installa le bébé contre lui. Pourquoi cela lui semblait-il si naturel, tout à coup ? Il n'avait jamais envisagé d'avoir des enfants, sauf très vaguement, dans un lointain avenir. En tout cas, il ne s'était jamais imaginé en train de changer des couches !

Il avait passé la majeure partie de sa vie d'adulte à négocier des contrats, à amasser de l'argent et à récolter la récompense de ses succès. Acheter des propriétés luxueuses, dîner dans les meilleurs restaurants, fréquenter les plus belles femmes… Pour lui, c'était la vie rêvée, celle qu'il retrouverait lorsqu'il en aurait terminé avec les Garalino. C'était du moins ce qu'il avait cru jusqu'à ce jour. Mais à présent…

Il éprouvait un étrange contentement à sentir la chaleur de ce petit corps dans ses bras, avec cette femme magnifique allongée à côté de lui.

Il chercha un mot pour décrire ce qu'il ressentait. C'était tellement inhabituel qu'il ne le trouva pas tout de suite. *Bonheur.* Voilà.

Non seulement il ne l'avait jamais connu, mais il

Gabriel était installé à l'ombre dans un énorme fauteuil poire, agitant frénétiquement une cuillère en bois avec laquelle il essayait de taper sur une casserole posée devant lui.

Jaco l'observait tout en surveillant l'arrivée de Leah. Il pourrait y prendre goût… En fait, c'était ce qu'il voulait : une femme et une famille, avec beaucoup d'enfants auxquels il donnerait ce qu'il n'avait jamais eu, la sécurité, le bonheur, l'amour.

Pour la première fois cela lui semblait possible.

Il y penserait sérieusement lorsqu'il aurait réglé l'affaire des Garalino. Il pourrait alors recommencer sa vie de zéro, pour de bon. Il touchait presque au but. Encore un effort, le dernier, et son plan minutieux aboutirait enfin. Les épreuves seraient définitivement derrière lui, les siennes et celles de Francesca. Et de Leah aussi, bien sûr.

En dépit de son insistance de macho pour que Leah et Gabriel vivent avec lui, de gré ou de force, Jaco souhaitait ardemment le consentement de Leah. Il ne voulait pas la contraindre. S'il désirait se marier et avoir des enfants, ce n'était pas avec n'importe qui. Il ne se représentait plus l'avenir sans Leah McDonald. Sa présence lui était devenue essentielle, indispensable.

Comme par hasard, elle apparut juste à ce moment-là, les joues roses, les cheveux encore mouillés après la douche.

— Oh ! magnifique ! s'écria-t-elle.

Elle se pencha pour ramasser la cuillère que Gabriel avait jetée par terre et la lui redonna.

— Tout cela est fort appétissant ! Et pas l'ombre d'un steak brûlé en vue.

— Pas de sarcasmes, s'il te plaît, répondit Jaco sur le même ton léger en l'invitant à s'asseoir.

Il lui offrit une brioche.

— Ces viennoiseries sorties du congélateur et passées au four sont absolument divines.

— Miam…

Leah l'attaqua avec appétit.

— J'avoue ! C'est délicieux.

Il lui servit un verre de jus d'orange.

— Que manges-tu au petit déjeuner, en Écosse ? Du *haggis*, peut-être ?

Elle fronça les sourcils d'un air moqueur.

— Bonjour les préjugés et les stéréotypes ! Pour ta gouverne, sache que la panse de brebis farcie se consomme uniquement au repas du soir, le *high tea* comme nous l'appelons.

Elle beurra généreusement sa brioche et mordit de nouveau dedans à pleines dents.

— Au petit déjeuner, nous prenons du porridge ou des boulettes de semoule avec de la mélasse. Il faut une certaine habitude pour apprécier…

— J'espère goûter bientôt.

Si Jaco voulait jauger ses sentiments, il devait aussi se dévoiler, avait-il décidé.

— Ah bon ? répliqua Leah d'un ton surpris.

— Oui, pourquoi pas ? J'aimerais beaucoup voir ton pays, et aussi faire la connaissance de ton père. Nous devrions lui rendre visite, quand toute cette histoire sera terminée.

— C'est-à-dire *quand*, Jaco ?

Elle le fixa de ses grands yeux noisette.

— Quand vas-tu m'expliquer de quoi il s'agit exactement ? reprit-elle avec verve. Me redonner mon téléphone ? Me laisser repartir avec Gabriel, quitter cette île ?

— Bientôt. Je te le promets.

Il lui prit la main.

— Je n'agirais pas ainsi si ce n'était pas extrêmement important, Leah. Vital, même.

— C'est ce que tu ne cesses de répéter.

Elle baissa les yeux, puis retira sa main pour repousser une mèche de cheveux derrière son oreille.

— Mais je ne vois pas pourquoi tu refuses de m'expliquer ce qui se passe.

Jaco hésita. Il avait envie de lui dire la vérité. Elle le *méritait*.

Jusqu'à la veille au soir, il ne voyait aucune raison de se justifier, pas après la manière dont elle l'avait traité en lui cachant la naissance de son fils. Mais maintenant, il comprenait son comportement, même si elle s'était trompée du tout au tout. Comme à son habitude, Leah avait réagi sans réfléchir, d'instinct. Elle avait porté un jugement hâtif et était partie sans même demander une explication. Son attitude s'accordait si bien à sa nature passionnée qu'il ne pouvait pas lui en vouloir.

— C'est très confidentiel.

Il plissa le front en pesant ses mots.

— Moins il y a de gens dans le secret, moins on risque d'être trahi. Je le sais par expérience.

Il l'avait appris à ses dépens… À onze ans, il avait accordé sa confiance aux Garalino. À tort. Il était même prêt à les aimer, à l'époque.

Heureux d'être adopté par une grande famille dirigée par le charismatique Luigi Garalino, avec des oncles et des frères puissants, il avait tout fait pour leur plaire. Il espérait gagner ainsi, pour lui et son petit frère, l'amour qui leur manquait tant depuis la mort de leurs parents.

Mais il n'avait pas tardé à découvrir la fausseté de ses illusions. Ensuite, au fil des années, la réalité hideuse s'était imposée à lui : ces gens-là étaient pourris et corrompus jusqu'à la moelle.

Ils profitaient du moindre prétexte, même le plus insignifiant, pour le battre. S'il avait le malheur de laisser une trace sur la limousine qu'on lui avait demandé de laver, ou s'il arrivait en retard alors qu'on l'avait envoyé faire une course à l'autre bout de la ville, la punition s'abattait sur lui, implacable. On le privait de nourriture s'il osait répondre ou protéger son frère. On l'enfermait dans la cave à charbon pendant plusieurs jours d'affilée.

Mais ce n'était rien en comparaison de la maltraitance et des sévices psychologiques que subissait Francesco. Son petit frère se terrait en tremblant dans un coin, dans ses vêtements souillés, incapable de parler ni de bouger, victime innocente, totalement brisé par la cruauté des Garalino.

L'impuissance de Jaco à aider Francesco l'avait miné toute sa vie, instillant en lui une culpabilité tenace dont il avait beaucoup de mal à se débarrasser. Heureusement, Francesca était en sécurité et serait bientôt libre. Et il avait également fait ce qu'il fallait pour protéger Leah et Gabriel.

— Tu ne me fais pas confiance, c'est cela ? lança Leah.

Elle ramassa une miette sur le bord de son assiette et la porta à ses lèvres.

— Je dis simplement que je ne peux me permettre aucune erreur, encore moins maintenant, répondit Jaco. Le succès de l'opération en dépend. Il vaut mieux que le moins de gens possible soient au courant.

Leah grimaça une moue sceptique.

— Tant d'histoires pour une simple transaction d'affaires ?

— Ce n'est pas professionnel, Leah. Il s'agit d'autre chose.

Il marqua une pause.

— Il y va aussi de ta sécurité. La tienne, et celle de Gabriel. Il est vital que personne ne sache où vous êtes.

Leah devint livide.

— Qu'y a-t-il ? demanda-t-il, inquiet soudain.

— Eh bien…

Elle s'agita nerveusement sur sa chaise.

— En fait… Il faut que je te dise… Quelqu'un est au courant.

— Quoi ?

Jaco se leva d'un bond, la poitrine prise dans un étau — celui de la peur, qu'il ne devait pas laisser le dominer.

Horriblement embarrassée, la gorge serrée, Leah baissa les yeux.

— Hier soir, pendant que tu étais dans la cuisine, j'ai téléphoné à la police, avoua-t-elle.

— Tu as fait *quoi* ?

Il se dressa de toute sa hauteur, furieux. Même Gabriel, impressionné, s'immobilisa. Saisie de panique, Leah observa les poings serrés de Jaco, les veines qui saillaient à son cou, la colère qui luisait dans ses yeux.

Cette nuit, après ce qui s'était passé, elle avait décidé de tout lui dire. Puis cela lui était sorti de l'esprit. Elle n'y avait plus pensé, d'autant que cet appel au secours n'aurait probablement aucun effet. Jamais elle n'avait imaginé qu'il réagirait aussi violemment.

Il lui posa une main sur l'épaule.

— Tu plaisantes ! Dis-moi que tu n'as pas fait une chose pareille !

Elle se mordit la lèvre.

— Si, je le crains. Je suis désolée, Jaco. J'ai trouvé ton portable par terre et j'ai appelé le numéro d'urgence. Mais on n'a pas eu l'air de me croire à l'autre bout de la ligne, ajouta-t-elle pour tenter de le calmer. D'ailleurs, personne n'est venu. Donc il n'y a pas de souci.

— Que leur as-tu dit ? questionna-t-il avec une violence contenue.

— Que nous étions retenus prisonniers sur une petite île, Gabriel et moi. Que nous voulions être secourus.

Son malaise grandissait de minute en minute.

— *Dio*, Leah ! Tu as donné mon nom ?

— Euh… Oui, mais…

— Quoi d'autre ?

— Rien de plus.

Elle plissa le front en essayant de se souvenir.

— J'ai peut-être donné tes deux noms, Valentino et Garalino. Mais je n'ai pas eu le temps de parler longtemps, tu es revenu dans la pièce et…

— Tu as mentionné les Garalino ? coupa-t-il d'une voix blanche.

Elle hocha la tête, submergée par la culpabilité.

— Oui, j'en suis presque sûre.

— Alors il faut partir tout de suite.

Jaco prit Gabriel dans ses bras.

— Dépêche-toi ! Rassemble tes affaires.

— Quoi ? Pourquoi ?

Elle le suivit à l'intérieur.

— Ils ne savent pas où nous sommes, reprit-elle. Je n'ai pas pu leur dire puisque je l'ignore.

— Ils peuvent géolocaliser mon téléphone, Leah.

Il semblait contenir sa rage à grand-peine.

— En tout cas, pour l'instant, personne ne s'est

montré, insista-t-elle. Ils ont probablement oublié mon appel et cru qu'ils avaient affaire à un mauvais plaisant.

— Prépare ton sac.

Il ouvrit la porte de l'armoire et en sortit une valise. Il tenait toujours Gabriel au creux d'un bras.

— Vite ! commanda-t-il.

Elle obéit comme un automate. C'était ridicule. Cela faisait deux fois que la scène se reproduisait à l'identique, sans la moindre explication. Elle en avait plus qu'assez.

Elle se planta fermement devant lui en croisant les bras.

— Non, Jaco ! Arrête de me donner des ordres absurdes ! Je suis désolée si j'ai fait une bêtise, si je t'ai attiré des ennuis... Mais ce n'est pas moi qui suis à blâmer. Si tu m'avais dit clairement ce qui se passait, je n'aurais pas eu à appeler la police et nous ne serions pas dans cette situation. Si tu ne m'expliques pas de quoi il s'agit, je refuse de partir.

— Je ne te demande pas ton avis.

Il posa Gabriel sur le lit et ferma la valise.

— Par ton imprudence, tu as compromis ta sécurité et surtout celle de Gabriel. Nous devons nous en aller tout de suite.

Les jambes tremblantes, elle refusa néanmoins de céder.

— S'agit-il de notre sécurité ou de *la tienne* ?

Avertie par un horrible pressentiment, Leah se dit qu'elle avait visé juste. En réalité, personne ne la menaçait directement en dehors de Jaco Valentino. C'était lui le méchant. Lui qui tirait les ficelles... Sous une apparence trompeuse, ce magnat des affaires, milliardaire, aux manières impeccables et au charme sophistiqué, était un criminel, corrompu et redoutable. Hélas pour elle, il avait aussi volé son cœur. Elle l'aimait si profondément, si désespérément qu'elle n'en guérirait jamais.

Toutes sortes de questions assaillirent son esprit affolé. Jaco l'avait-il kidnappée avec Gabriel afin d'échapper à la police, en supprimant toutes les traces qui auraient permis de le retrouver ? Sans le savoir, elle possédait peut-être des informations précieuses qu'on aurait pu utiliser contre lui. Capezzana… Et si cette propriété n'était qu'une couverture, une entreprise de blanchiment d'argent à laquelle elle aurait participé à son insu ?

Quant à Francesca… « Il y a des gens qui veulent lui faire du mal », avait-il dit. Mais qui ? Et pourquoi ? Probablement les mêmes qui s'en seraient pris à elle et à Gabriel. Dans quel milieu Jaco évoluait-il ? Quels individus louches côtoyait-il ? De dangereux gangsters ? La mafia ? Il ne fallait pas s'étonner qu'il ait pris des distances avec sa famille adoptive. Ils étaient probablement dégoûtés par le chemin crapuleux qu'il avait choisi.

Emportée par son imagination, Leah mettait en place les pièces d'un puzzle effrayant.

— Tu ne sais pas de quoi tu parles.

La voix tranchante de Jaco la ramena au présent. Elle acheva de fourrer quelques affaires dans son sac en bandoulière, et prit Gabriel dans ses bras. Jaco les poussa au-dehors, en direction de l'hélicoptère qui étincelait sous le soleil. Après avoir bouclé leur ceinture de sécurité, il fit le tour de l'appareil. Mais avant de s'installer aux commandes, il s'approcha du bord de la falaise et jeta son téléphone à la mer, de toutes ses forces.

L'estomac noué par la peur, Leah eut l'impression de perdre son dernier espoir. Elle était bien obligée de suivre Jaco. Mais elle se promit de tenter sa chance à la première occasion, pour recouvrer la liberté. Elle n'avait pas l'intention de demeurer auprès de cet individu abject plus longtemps que nécessaire.

9.

Avant de fermer à double tour la porte de son bureau, Jaco jeta un regard circulaire sur les lambris exotiques et les grandes glaces étincelantes. Subitement, le décor lui parut trop clinquant. Il avait baptisé son yacht *Alessia* pour rendre hommage à sa mère, mais ce nom ne convenait pas. Le luxe tapageur ne reflétait pas la douceur maternelle.

Il s'était offert ce jouet pour parfaire sa panoplie de play-boy milliardaire, qui comptait déjà plusieurs voitures de sport et des propriétés dans le monde entier. Mais depuis, Jaco avait changé. Il n'était plus cet homme-là.

Le souvenir de ces années le révulsait, maintenant. À cette époque, il multipliait les aventures sexuelles avec des créatures de rêve, des gravures de mode superficielles. Il croyait s'amuser, mais en réalité il perdait son temps avec des femmes sans grand intérêt. Il ne songeait pas à l'avenir et vivait uniquement dans le présent.

Jusqu'à Leah.

Le jour où Leah McDonald était entrée dans sa vie, tel un rayon de soleil, tout avait basculé, même s'il n'en avait pas pris conscience sur le moment. Sa vitalité, son sourire, son enthousiasme communicatif l'avaient conquis.

Il longea le couloir recouvert d'une moquette épaisse en réfléchissant à ce qu'il devait faire. Il n'avait pas prévu d'amener Leah et Gabriel sur son yacht, mais elle ne lui avait pas laissé le choix. En téléphonant à la police, elle avait compromis toute l'opération. Pire, elle s'était mise en danger, avec leur fils.

Jaco n'avait aucune confiance en la police, à part quelques rares interlocuteurs qui avaient fait leurs preuves après plusieurs années de bons et loyaux services. En dehors de ceux-là, il observait la plus grande réserve, et même une profonde suspicion. Ainsi, il était certain d'éviter les mauvaises surprises.

Il ignorait à qui Leah avait parlé. Néanmoins, son nom et celui des Garalino avaient forcément déclenché des signaux d'alarme. Les Garalino, l'une des familles les plus puissantes de Sicile, entretenaient des relations étroites avec les *carabinieri* et la *polizia di stato*. Les combines, la corruption et les pots-de-vin régnaient.

Même si Leah, par chance, était tombée sur un fonctionnaire intègre, on ne pouvait pas présumer de la suite. Les murs avaient des oreilles, et dans le monde trouble où Jaco se débattait malgré lui l'information pouvait parvenir à des personnes dangereuses et malintentionnées.

Il avait donc agi au mieux. Le yacht était amarré au large de la côte de Palerme, c'est-à-dire tout près du cœur de l'action dont le dispositif se déclencherait ce soir. Même s'ils étaient en sécurité à bord, Jaco avait pris la précaution de contacter Cesare, son fidèle garde du corps, essentiellement pour surveiller Leah et s'assurer qu'elle ne commette plus d'imprudence.

L'équipage était réduit au strict minimum. Il ne fallait surtout pas que l'affaire s'ébruite. Personne n'était au courant, et certainement pas Leah. Il ne voulait courir aucun risque, c'était beaucoup trop hasardeux. Livrée à elle-même, Leah était capable de provoquer un véritable désastre. Courageuse, entière, téméraire, elle avait aussi les défauts de ses qualités…

Il n'avait pas été facile, ni agréable, de l'enfermer dans l'une des somptueuses suites du yacht, avec Gabriel serré contre sa poitrine. Le regard de mépris qu'elle lui avait jeté en apercevant Cesare posté devant sa porte le poursuivait encore. C'était pourtant une précaution nécessaire, et très provisoire.

Le cargo en provenance d'Amérique du Sud était attendu dans la soirée, à l'heure prévue. Tous les membres du clan Garalino seraient réunis, avides de mettre la main sur ce qu'ils croyaient être le plus gros chargement de cocaïne jamais transporté. Les organismes internationaux de lutte antidrogue, informés dans le plus grand secret, étaient prêts à intervenir au bon moment. Tout était en place.

Mais il suffisait d'un faux pas pour que tout tourne à la catastrophe.

Jaco surveillait le déroulement du plan avec une obsession presque maladive. Il suivait chaque étape sur des écrans d'ordinateur, dans son bureau, grâce à des mises à jour codées que lui envoyaient des agents de renseignement en temps réel.

Avec tous les membres de la famille Garalino sous surveillance dans différents endroits, il s'agissait d'une opération massive, mais qui visait essentiellement Luigi Garalino, le chef, le vrai responsable des crimes perpétrées pendant plusieurs décennies.

L'homme qui a assassiné mes parents…

Jaco n'en avait eu la confirmation que très récemment. Il avait toujours eu des soupçons sur cet accident étrange et s'était promis de découvrir la vérité. La voiture avait plongé du haut d'une falaise, par temps clair, alors que la route était dégagée et que son père connaissait le chemin par cœur. À force d'obstination, Jaco avait fini par retrouver la trace d'un employé, qui lui avait tout raconté contre une grosse somme d'argent.

L'histoire était sordide. Luigi Garalino avait jeté son dévolu sur le vignoble de Capezzana, mais les parents de Jaco refusaient de se laisser intimider par ses hommes de main. Ils avaient donc été froidement éliminés. On avait sectionné les freins de leur véhicule.

En proie à une fureur noire, Jaco s'était alors juré de se venger. Pendant de longs mois, il avait méticuleusement préparé son plan. Fort de sa toute-puissance et de son influence, Luigi Garalino se croyait invincible et au-dessus des lois. Mais Jaco était résolu à le démasquer.

Il voulait aussi être témoin de sa chute et serait sur les docks lorsqu'on ouvrirait le conteneur. Un sbire de Garalino — en réalité un policier infiltré — entaillerait un échantillon pour vérifier le contenu des sacs et l'argent changerait de mains. À ce moment précis, on arrêterait Luigi Garalino et Jaco sortirait de l'ombre. Il le regarderait droit dans les yeux, en savourant sa vengeance.

Leah arpentait la suite de long en large, sur l'épaisse moquette de couleur crème qui étouffait ses pas. Au milieu du grand lit, Gabriel dormait dans un cocon confortable, bienheureux et sans souci, ignorant de leur captivité et de la vilenie de son père.

En postant un garde du corps à sa porte, Jaco leur avait asséné le coup de grâce. Cesare, la brute qui les avait déjà expulsés de l'appartement londonien, était soi-disant là pour les protéger. Leah n'en croyait pas un mot. Il avait pour mission de les empêcher de s'échapper.

Naïvement, elle lui avait expliqué la situation. Elle espérait le convaincre de l'aider à s'enfuir, puisque son patron était un homme mauvais qui la séquestrait. Cesare n'avait rien voulu entendre.

Leah regarda par les hublots. On ne voyait que la mer, qui étincelait sous le soleil dans toutes les directions. Il y avait quelques bateaux au loin. Si l'un d'eux s'approchait, elle pourrait peut-être faire signe, agiter un drap par exemple. Mais toutes les ouvertures étaient condamnées.

Elle pourrait aussi se mettre à hurler. Dieu sait si elle en avait envie ! Tambouriner contre la porte, donner des coups de pied… Mais à quoi bon ? Cesare ne broncherait pas. Et l'équipage était aux ordres de Jaco.

Elle était impuissante, prisonnière. Complètement à la merci de son infâme ravisseur.

Elle se laissa tomber sur le canapé, prit un coussin et y enfouit son visage inondé de larmes. Elle pleurait de rage, de frustration et de chagrin tout à la fois.

Leah sanglotait tellement qu'elle ne se rendit compte de la présence de Jaco que lorsqu'il lui toucha l'épaule. Elle poussa un cri de frayeur.

— *Per Dio !* s'exclama Jaco.

Il s'assit à côté d'elle et lui enleva le coussin auquel elle se cramponnait.

— Calme-toi, Leah.

Elle s'écarta le plus possible.

— Je ne te permets pas de me parler sur ce ton ! Tu peux me séquestrer, m'imposer ta volonté en me déplaçant d'un lieu de captivité à un autre, mais pas me dicter mon attitude.

Visiblement indifférent à sa colère, il lui toucha la joue.

— Tu pleures ?

Elle le repoussa et s'essuya rageusement le visage.

— Il ne faut pas te mettre dans un état pareil, reprit-il.

— Qu'est-ce que je viens de te dire ? lança-t-elle avec colère.

— Oh ! Leah…

Il soupira d'un air exaspéré.

— *Vieni qui…* Viens ici.

— Non.

Mais il l'enlaçait déjà dans une chaude étreinte, qui allait, elle le savait, l'engourdir, la priver de force et de volonté.

— Lâche-moi, maugréa-t-elle contre son torse.

— Non.

Il la serra plus fort. Elle sentait son souffle chaud dans ses cheveux.

— Tu vas d'abord écouter ce que j'ai à te dire.

— Cela ne m'intéresse pas. J'en ai assez de tes mensonges.

— Je ne t'ai jamais menti, Leah.

Il prit son visage entre ses paumes pour plonger les yeux dans les siens.

— Tu peux m'accuser de beaucoup de choses, mais pas de mentir.

— La liste est longue, en effet. Je ne saurais même pas par où commencer.

Elle le foudroya du regard.

— On peut aussi mentir par omission, Jaco, ajouta-t-elle.

— Même si c'est pour un plus grand bien ?

Elle éclata d'un rire sarcastique.

— Pour qui te prends-tu, Jaco Valentino ? Pour un être supérieur, au-dessus de la morale commune ? Pourquoi nous, simples mortels, devrions-nous accepter de nous plier à tes diktats ?

Il fronça les sourcils, ce qui lui donna une expression sévère.

— Il s'agit de ta sécurité, encore une fois. Ne comprends-tu pas que, dans certaines circonstances, détenir une information peut être plus dangereux que de ne rien savoir ?

— Non. Je ne vois qu'un homme égocentrique, avide de pouvoir, qui ne distingue plus le bien du mal. Un homme sans morale, possédé pas de noirs secrets qui le pourrissent jusqu'à la moelle.

— C'est vraiment l'opinion que tu as de moi ? murmura-t-il, très bas.

— Oui. Et tu sais quoi ? Tu me fais pitié.

— Vraiment ? Pourquoi aurais-tu pitié d'une créature pareille ?

— Parce que tu finiras seul et abandonné de tous. Malgré ta fortune, toutes tes belles maisons, tes yachts luxueux et toutes les femmes que tu as séduites. Plus personne ne voudra de toi.

— Tu as terminé ?

— Oui… Non, pas encore. Ne t'imagine pas que Gabriel et moi allons rester avec toi après avoir été traités aussi mal. Essaye de te mettre à la place des gens. Tu comprendras comment ils te voient et tu ne seras plus étonné de mener une existence solitaire. Même ta famille t'a abandonné, conclut-elle sur un ton cinglant.

Il se pencha d'un air menaçant.

— *Chiedo scusa ?* Qu'est-ce que tu viens de dire ?

Leah fulminait.

— C'est vrai, non ? Tu n'as plus aucun contact avec ta famille, tu me l'as dit toi-même. Comment l'expliques-tu, si ce n'est par ton attitude indigne ?

— Mes relations avec les Garalino ne te regardent pas, asséna-t-il d'une voix glaciale. À l'avenir, je te conseille vivement de garder tes élucubrations pour toi.

— Qu'y a-t-il, Jaco ? Apparemment, j'ai touché un point sensible.

— Attention, Leah ! lâcha-t-il entre ses dents serrées, un index menaçant pointé sur elle. Je t'avertis.

Elle se leva d'un mouvement vif.

— Eh bien quoi ? Tu ne m'intimides pas. Je ne suis pas une de ces brutes stupides qui t'obéissent au doigt et à l'œil sans se poser de questions. Tu ne me réduiras pas au silence avec des menaces.

Il se leva lui aussi.

— J'ai d'autres moyens à ma disposition.

Il captura sa bouche, avec cruauté, comme pour la punir et lui montrer qui était réellement maître de la situation. Ce fut un baiser sauvage, presque bestial.

Étrangement, quand il l'enlaça, Leah ne résista pas. Pourquoi serait-elle restée passive, comme si elle n'éprouvait aucune attirance physique ? Ils avaient dépassé ce stade depuis longtemps. Elle préférait montrer à Jaco Valentino que le feu qui brûlait entre eux était réciproque. Après tout, il était aussi vulnérable qu'elle au désir, et pas mieux armé pour se défendre.

Elle passa les bras autour de son cou et se serra contre lui en pressant son ventre contre le sien, délibérément. Sentir son sexe durcir et se tendre la transporta. Il était incapable de se contrôler.

Qui maîtrisait la situation, à présent… ?

Leah ouvrit les yeux pour voir l'effet qu'elle produisait sur lui, le vivre une dernière fois. Jaco écarta les jambes et elle s'ajusta contre son sexe. Il poussa un gémissement qui résonna profondément en elle. Elle l'avait pris au piège… Ou était-ce elle qui était tombée dans un guet-apens ? Quoi qu'il en soit, elle lui prouverait que le pouvoir était aussi de son côté. Et quand elle ne serait plus là, il serait hanté par son souvenir.

Les mains sur ses fesses, Jaco la poussa à reculons vers le mur. Leah se dit que, si elle ne mettait pas immédiatement le holà, il n'y avait aucun doute sur la suite des événements. Dans un sursaut surhumain, elle se raidit, ferma les poings et appuya de toutes ses forces sur le torse de Jaco.

Il hésita. Aussitôt, elle en profita pour s'écarter et il la lâcha.

Le cœur battant, la respiration haletante, ils se fixèrent. Jaco avait une expression égarée, et elle était certaine qu'elle arborait la même. Puis, la gorge nouée, elle se passa lentement les doigts dans les cheveux, en redressant le menton avec fierté et détermination. Dorénavant, il ne lui imposerait plus le rôle de victime.

Ce fut lui qui détourna le regard en premier. Il s'éloigna ensuite de quelques pas et lui fit face.

— Nous allons nous rendre fous.

Silencieuse, Leah croisa les bras en pinçant ses lèvres meurtries par le baiser. Elle avait gagné, mais la victoire avait un goût amer.

Jaco s'avança à nouveau, toutefois il resta à une distance respectable.

— Nous ne pouvons pas continuer ainsi, Leah.

— Tu t'en rends compte, enfin !

C'était la première concession qu'il faisait, et elle s'y raccrocha résolument. Il ne fallait pas faiblir maintenant, se laisser attendrir par ses yeux implorants, ses boucles brunes emmêlées, son beau visage si attachant… Elle devait se protéger, à tout prix.

— Redonne-moi ma liberté et tout ira bien, dit-elle d'une voix neutre, en tenant son émotion à distance.

— C'est tout ce que tu veux ?

— Oui, Jaco !

Il fourra les mains dans les poches.

— Tu l'auras bientôt.

— Gabriel aussi ?

Une pensée horrible venait de l'effleurer : et si Jaco avait l'intention de la séparer de son fils ?

— Bien sûr, répondit-il. Mais je veux le voir régulièrement.

— C'est-à-dire ?

Elle n'avait aucune confiance en lui…

— Je ne sais pas, grommela-t-il, exaspéré. Il faudra y réfléchir. Quoi qu'il en soit, je saurai me montrer raisonnable.

— Vraiment ? Quel progrès ! C'est extraordinaire.

Brièvement, la colère perça sous le masque imperturbable de Jaco, mais il se ressaisit.

— Nous trouverons bien une solution satisfaisante… Pour tous les deux. Parle-moi sans détours, Leah. Que souhaites-tu *exactement* ?

— Rien de plus facile, ironisa-t-elle. Partir le plus loin possible de toi.

— Tu es bien sûre ?

Il scrutait son visage avec une intensité qui la mettait mal à l'aise.

— Parce que je ne te reposerai pas la question, insista-t-il.

— Oui, tout à fait, répondit-elle de sa voix la plus ferme. Je ne veux plus rien avoir à faire avec toi. Même si c'est sans doute difficile à entendre pour le monstre d'égocentrisme que tu es.

Un silence pesant accueillit ses paroles.

— Très bien, répondit enfin Jaco avec une expression impénétrable, mais sans la quitter des yeux. Si c'est ce que tu veux, je respecte ta décision. À partir de demain, tu seras libre de partir où tu le souhaites. Je ne t'imposerai plus le moindre contact, sauf pour voir mon fils.

— Parfait, conclut-elle en s'efforçant de paraître convaincue. Il était temps.

— Je te redonne ta liberté, Leah, totale et définitive. Je ne parle pas seulement du confinement des deux dernières semaines. Tout est fini entre nous. Nous ne nous devons plus rien. Nos chemins se séparent.

— Bien.

Cette réponse pathétique lui sembla horriblement inadéquate, mais aucun autre mot ne lui vint à l'esprit.

Il hocha la tête et s'approcha tout près. Un fol instant, Leah crut qu'il allait l'embrasser de nouveau, pour effacer les paroles épouvantables qu'il venait de prononcer et la garder auprès de lui pour toujours.

Il n'en fit rien. La mine sombre, il leva lentement la main pour lui caresser la joue dans un geste si tendre et si irrévocable que le cœur de Leah se brisa en mille morceaux.

Puis son bras retomba, il tourna les talons et sortit de la cabine.

10.

Le canot fendait la mer lisse et calme. Seul le bruit du moteur troublait la paix nocturne. En approchant du yacht, Jaco coupa les gaz et laissa lentement glisser l'embarcation, jusqu'à ce qu'il puisse sauter à bord et l'arrimer.

Il n'y avait aucune lumière. Tout le monde dormait. Jaco monta sur le pont et jeta un regard circulaire. Il s'emplit les poumons d'une grande goulée d'air marin. La pleine lune qui luisait dans le ciel indigo jetait des reflets d'argent sur la crête des vagues.

Il avait réussi !

Jaco rejeta la tête en arrière. Il savourait sa victoire. L'opération d'infiltration avait marché. Le clan Garalino avait fini par tomber.

Il s'accouda au bastingage. Après des mois de préparation, des nuits et des nuits passées à peaufiner son plan, il avait de la peine à y croire. Que de temps et d'énergie il avait fallu déployer pour enquêter, vérifier les informations et les témoignages ! Sans parler de l'élaboration du piège à proprement parler, de l'argent investi et des dangers encourus. Mais ses efforts avaient payé.

Tout s'était déroulé sans la moindre anicroche. Luigi Garalino et ses deux fils avaient été arrêtés la main dans le sac, alors qu'ils échangeaient une pleine valise de billets contre la livraison de cocaïne. Armés jusqu'aux dents, les hommes de la brigade antidrogue avaient cerné les malfrats de la bande, qui n'avaient eu d'autre choix que de se rendre, même si Luigi leur avait ordonné de tirer.

Au moment où les policiers s'apprêtaient à jeter Luigi Garalino dans un fourgon banalisé, Jaco était sorti de l'ombre pour se poster devant lui et le regarder droit dans les yeux. C'était la seule partie du scénario qu'il n'avait pas écrite à l'avance, mais il n'avait pas pu s'empêcher de lui décocher un coup de poing dans la mâchoire, sans prononcer un mot. Ce geste instinctif l'avait libéré d'un grand poids. Les griefs qu'il nourrissait contre son père adoptif l'avaient rongé trop longtemps.

Jaco lâcha le bastingage et plia ses phalanges raidies et un peu enflées. Il aurait massacré avec plaisir ce truand de ses mains, mais il avait fallu se contenter de le remettre à la justice.

L'étape suivante consisterait à accuser Luigi Garalino du meurtre de ses parents. Il aurait bientôt assez de preuves pour convaincre un jury de sa culpabilité. Les langues de ses comparses se délieraient sous la menace de longues peines d'emprisonnement — surtout quand ils comprendraient que leur boss resterait à vie sous les verrous.

L'horizon s'éclairait pour Jaco.

Il aurait dû exulter, se repaître de son triomphe, déboucher des bouteilles de champagne et organiser une fête monstre. Or il n'en avait pas la moindre envie. À la place de la jubilation, il n'éprouvait qu'un nauséeux sentiment de vide, et le goût de la victoire lui paraissait bien fade.

Il jeta un coup d'œil à sa montre. La soirée ne faisait que commencer à New York. Il allait appeler

Francesca pour lui annoncer la bonne nouvelle. Cela le ragaillardirait.

— Je n'arrive pas à croire que tout soit fini, Jaco, souffla Francesca, des sanglots dans la voix.

— Fais-moi confiance, c'est vrai.

Avec un sourire, Jaco leva la main devant l'écran de l'ordinateur pour montrer à sa sœur ses doigts gonflés.

— Regarde ! J'en ai profité pour frapper cette ordure.

— Depuis quand as-tu recours à la violence ? Je pensais que tu condamnais ce genre de méthodes.

— Pour une fois, j'ai dérogé à ma règle de conduite. Cette ordure le méritait.

— Il est vraiment derrière les barreaux ? demanda Francesca avec inquiétude. Il ne risque pas d'obtenir une liberté sous caution ?

— Aucune chance. Après avoir ordonné à ses sbires de tirer sur des policiers, il encourt la peine maximum. Ton calvaire est terminé, Francesca. Tu n'auras plus besoin de te cacher. Le monstre ne pourra plus jamais nous faire de mal.

— Oh ! Jaco, merci du fond du cœur. Tu as accompli un véritable exploit ! Amener cette famille devant la justice alors que tout le monde croyait cela impossible. Tu es l'homme le plus merveilleux du monde. On te l'a déjà dit ?

— Non, pas vraiment..., bredouilla Jaco, soudain amer.

— Jaco ?

— Ne t'inquiète pas, Fran, ce n'est rien.

— Je n'en crois pas un mot, Jaco. Qu'y a-t-il ?

Jaco contempla le visage radieux de sa sœur, puis, dans un coin de l'écran, le sien, presque maussade.

Il prit son courage à deux mains :

— J'ai une autre grande nouvelle.

— Je t'écoute.

— Tu serais contente d'avoir un neveu ?

Francesca se pencha en écarquillant les yeux.

— Tu vas avoir un enfant ?

— En fait, j'en ai déjà un. Il a trois mois.

— Non ! Mais... Comment ? Pourquoi ? Je ne savais même pas que tu avais une compagne.

Jaco soupira avec une fausse insouciance.

— Il n'y a personne dans ma vie. Cet enfant est le fruit d'une relation que j'ai eue il y a plus d'un an.

— Je vois... Et où sont ton fils et sa mère ?

— Ici.

— C'est-à-dire ?

— À bord de l'*Alessia*. Nous mouillons en face de Palerme.

Francesca secoua la tête en signe d'incompréhension.

— Explique-moi, s'il te plaît. Comment s'appelle cette femme ?

— Leah.

— Et ton fils ?

— Gabriel.

— Donc vous êtes tous les trois ensemble sur ton yacht et, malgré cela, tu prétends que tu vis seul ?

— Elle ne veut pas de moi.

— Dans ce cas pourquoi est-elle là ?

— Parce que... C'est une longue histoire. Disons que j'ai eu besoin de les mettre en sécurité.

Francesca fronça les sourcils.

— Je vois. Et maintenant ?

— Eh bien, puisque les Garalino sont hors d'état de nuire, je ne les retiens pas.

— C'est ce que tu veux ?

— Il ne s'agit pas de cela, Francesca. J'ai promis à Leah de lui rendre sa liberté. Je dois honorer ma promesse.

— Sans te battre ? Cela ne te ressemble pas, frérot !

— J'en ai peut-être assez de lutter. J'ai passé ma vie à cela.

— Comment est-elle, cette Leah ?

— C'est la femme la plus exaspérante que j'aie jamais rencontrée.

— Oh ! mon Dieu !

— Quoi ?

— Moi qui désespérais que cela t'arrive un jour ! Tu es *amoureux*, Jaco Valentino ! s'écria Francesca en battant des mains, tout excitée.

— Ne dis pas d'absurdités.

— Si ! Il suffit de te regarder pour comprendre. Il faut lui dire. Tout de suite !

— Il est 2 heures du matin, ici.

— Et alors ? Dépêche-toi. Et bonne chance ! Tu me raconteras tout demain.

Elle lui envoya un baiser et raccrocha.

Jaco esquissa une moue sceptique. Amoureux, lui ? Pourtant, cela expliquerait pourquoi la perspective du départ de Leah le désolait tant, au point de lui gâcher le plaisir d'avoir enfin atteint le but qu'il poursuivait depuis des années.

Il souffrait au lieu de se sentir libéré. Parce qu'il devait dire adieu à Leah.

Dio !

Il se mit à arpenter son bureau de long en large. Oppressé, il avait du mal à respirer. Leah était là, tout près, endormie, avec ses boucles auburn répandues sur l'oreiller. Tandis que l'image flottait dans son esprit, une tristesse irrépressible s'empara de lui. Il ne voulait pas la perdre. Il fallait faire quelque chose. C'était sa dernière chance.

Il longea le couloir en s'efforçant de calmer ses pulsations cardiaques. Il devait recouvrer son self-control avant de faire irruption dans sa cabine. Sinon, il se jetterait sur elle pour l'embrasser et étoufferait sauvagement ses protestations sur ses lèvres. Même s'il voulait prouver de son mieux combien il tenait à elle, ce n'était pas la meilleure manière de la convaincre, ni la plus raisonnable.

Le moment n'était pas à l'action, mais à la parole. Il retenait depuis trop longtemps des mots qui l'étouffaient et qu'il ne pourrait jamais dire qu'à une seule femme.

Leah McDonald.

En arrivant devant sa suite, il fut surpris de ne pas trouver Cesare à son poste. Frappé d'inquiétude, il ouvrit la porte en grand et entra dans le salon, puis dans la chambre dans un même élan, sans plus se soucier de les réveiller. Il voulait juste les voir sains et saufs tous les deux. Leah et Gabriel.

Saisi par un horrible pressentiment, il alluma la lumière. Le lit était vide, la pièce aussi.

Leah et Gabriel étaient partis…

Leah était sur le pont supérieur, Gabriel dans les bras. Elle le serrait contre elle pour lui tenir chaud car une brise fraîche s'était levée.

Elle n'en pouvait plus. Sa fureur initiale avait peu à peu cédé la place à la peur. Refusant de rester cloîtrée de force dans sa suite, elle avait annoncé au garde du corps qu'elle montait prendre l'air. Cesare l'avait suivie. Il ne la quittait pas d'une semelle.

Leah se tourna vers la mer. Le clair de lune jetait

une lumière irréelle sur les flots, ce qui accentuait son impression de solitude et de désespoir. Il n'y avait aucun moyen de s'échapper, de s'évader de cette prison flottante.

Elle avait vite abandonné l'idée de gagner Cesare à sa cause. Jamais il ne les conduirait à terre, et il ne les laisserait pas non plus partir dans un canot. Impavide, il refusait de l'écouter. Il ne restait plus à Leah qu'à s'armer de patience pour voir si Jaco tiendrait sa promesse de les libérer. Or elle n'y croyait guère.

Elle avait la certitude, profondément ancrée en elle, que Jaco Valentino continuerait à la tourmenter sans répit. Il l'avait sous son emprise. Elle était marquée à vie.

Elle se mit à faire les cent pas autour de la piscine illuminée. Cesare la surveillait, prêt à bondir. Comme si elle pouvait s'enfuir ! En pensée, elle récapitula la scène dont elle avait été témoin une heure plus tôt.

Un canot qui se dirigeait vers le yacht à vive allure avait attiré son attention. Puis on avait coupé le moteur et quelqu'un était monté à bord, par l'arrière. C'était Jaco. Quand elle avait demandé à Cesare, il avait confirmé par un grognement.

Où était-il allé en pleine nuit ? De tels agissements renforçaient les suspicions de Leah. S'il traitait ses affaires à des heures pareilles, c'était forcément avec la pègre.

Leah éprouva brusquement une fatigue intense, une lassitude écrasante. Elle s'installa sur une chaise longue avec Gabriel pour attendre le lever du soleil.

Dès qu'il ferait jour, elle irait voir Jaco afin d'exiger qu'il tienne promesse. Elle n'avait pas l'intention de s'attarder sur ce yacht une minute de plus qu'il ne fallait.

*
* *

Grazie Dio !

En arrivant sur le pont avant, Jaco avait immédiatement aperçu Leah et Gabriel, ses deux trésors, les êtres les plus précieux de son existence. Il soupira de soulagement et le sang recommença à circuler dans ses veines.

Sous la surveillance de Cesare, ils avaient l'air de dormir. Pourquoi Leah avait-elle quitté le confort douillet de sa cabine ? Il fit signe à Cesare de s'écarter et s'approcha sans bruit. Un torrent d'émotions déferla soudain, auquel il n'était pas préparé. Il ne pouvait plus endiguer l'amour qui le submergeait.

Les sentiments qu'il éprouvait pour son fils l'avaient envahi d'un coup le jour où il l'avait pris dans son berceau pour le tenir dans ses bras. Un lien très fort s'était noué à ce moment-là, pour toujours, quoi que l'avenir leur réserve.

Son amour pour Leah était d'une nature très différente. Infiniment plus complexe, insondable jusqu'à la folie, il ne s'était pas manifesté tout de suite ; au contraire, il avait mis beaucoup de temps à surgir à la surface car Jaco l'avait profondément enfoui au fond de lui. Cet amour n'en était que plus réel, inébranlable, puisqu'il était enraciné dans le soubassement de son âme. Seulement Leah l'aimerait-elle un jour en retour… ?

Il s'accroupit à côté d'eux et posa une main sur le bras de Leah. Elle ouvrit les yeux aussitôt.

— Ne me touche pas !

Elle se leva en enveloppant Gabriel comme pour le protéger, puis recula de plusieurs pas.

— Ne m'approche pas.

— *Per l'amor di Dio !*

Jaco s'efforça d'être raisonnable. Il ne devait pas

céder à la tentation de l'embrasser pour effacer son attitude insultante.

— Arrête, Leah ! Tu dramatises.

— Non, je ne crois pas.

— Si. Tu n'as aucune raison de te comporter ainsi.

— Je ne suis pas d'accord. Je n'ai aucune confiance en toi.

— Tu as tort.

— Alors explique-moi ce que tu as fait cette nuit, demanda-t-elle d'un ton agressif.

Jaco se figea. Elle lui renvoya une moue de triomphe.

— Je t'ai vu revenir sur le yacht comme un voleur, en cachette.

— Je ne me cachais pas, protesta-t-il en la prenant par les épaules.

— Lâche-moi !

— Non. Nous allons rentrer, maintenant, et je vais tout t'expliquer.

Elle essaya de le repousser.

— Tu veux encore me séquestrer !

— Pas du tout. Je veux seulement que tu m'écoutes. Ensuite tu seras libre de partir. Tu as ma parole.

Elle hésita.

— Pourquoi te croirais-je ?

— Parce que c'est la vérité, Leah.

Il desserra la pression de ses doigts.

— Et quand tu connaîtras toute l'histoire, ce sera clair. Tu auras tous les éléments pour faire ton choix.

— Tu peux très bien me parler ici.

— D'accord. Mais il fait froid. Gabriel serait mieux à l'intérieur.

Il fit signe à Cesare.

— Voudriez-vous emmener mon fils dans la suite de Mme McDonald et nous attendre en bas ?

— Non ! s'interposa Leah. Je ne confie pas Gabriel à cet homme.

— Ne sois pas ridicule ! Cesare est père de six enfants. Il est parfaitement capable de veiller sur Gabriel.

Leah finit par céder, décrocha le porte-bébé et tendit l'enfant à Cesare, sans toutefois quitter son expression suspicieuse.

— De toute façon, nous en avons seulement pour quelques minutes, dit-elle.

— N'aie crainte. Ma priorité a toujours été la protection de cet enfant.

Après le départ du garde du corps, elle se campa devant lui d'un air hostile, les poings sur les hanches.

— Bien. J'attends tes éclaircissements, maintenant.

— *Va bene*. Si je vous ai mis à l'abri, toi et Gabriel, c'est parce que je menais une mission extrêmement dangereuse et délicate.

— Une *mission* ! railla-t-elle.

Il feignit d'être insensible à son ironie.

— Elle s'est achevée ce soir avec succès.

Elle baissa les yeux sur ses phalanges rouges et déformées.

— Tu t'es blessé ? remarqua-t-elle, entre dégoût et inquiétude.

Il cacha la main sous son bras.

— L'important, c'est que le plan a fonctionné. Les Garalino ont été pris en flagrant délit…

— Ta famille ? l'interrompit-elle, l'air abasourdi.

— Ce n'est pas *ma* famille, protesta Jaco. Luigi Garalino est un individu vil et abject dont j'ai fini par me débarrasser pour toujours.

— Tu veux dire que…

— *Dio*, Leah ! coupa-t-il en voyant sa mine horrifiée.

Le croyait-elle capable de tuer un homme ? Il se

passa une main nerveuse dans les cheveux en s'exhortant au calme.

— Garalino, ses fils et tous leurs complices ont été arrêtés par la police et mis hors d'état de nuire.

— Oh… Je n'avais pas idée…

— Non, personne. Il était important de garder le plus grand secret sur leurs agissements.

Leah se tourna vers le large. Son profil éclairé par la lune semblait dessiné par un crayon argenté. Elle était tellement belle ! Subitement, le mélange de frustration, d'irritation et même d'exaspération que ressentait Jaco s'évanouit, cédant la place à la vérité pure.

Il l'aimait.

C'était aussi simple que cela.

Mais elle ignorait tout de ses sentiments…

— Cela signifie que Gabriel et moi sommes libres de partir ?

La voix de Leah parvint au cerveau embrumé de Jaco.

— Non ! s'écria-t-il en la saisissant par le bras.

Elle se dégagea prestement.

— J'en étais sûre !

— Leah, écoute-moi !

— Non, tu vas encore chercher à m'embrouiller.

Il prit une profonde inspiration.

— Je ne veux pas te retenir de force. Mais je ne veux pas que tu partes.

Elle tressaillit.

— Pourquoi ? Que veux-tu dire ?

— Parce que…

— De toute façon, cela n'a pas d'importance. Gabriel et moi allons quitter ce bateau le plus vite possible.

— Non !

— Rien ne pourra me faire changer d'avis.

Il lui prit la main et la posa contre son cœur. Mais

elle le repoussa, avec tant de force qu'elle perdit l'équilibre et faillit tomber dans la piscine. Jaco la rattrapa d'un réflexe.

— Même si tu n'as pas envie de l'entendre, j'ai quelque chose à te dire. En fait…

Il sentit les muscles des épaules de sa belle furie écossaise se contracter sous ses doigts. Elle était tellement forte et fragile en même temps… Comment un corps aussi frêle pouvait-il abriter une nature aussi passionnée ? Elle avait un tempérament de feu.

C'était maintenant ou jamais.

— En fait… Je t'aime, Leah McDonald.

Un silence choqué suivit ses paroles. Pendant une seconde, Leah demeura complètement immobile. Puis elle se ranima et se libéra de son étreinte avec un regain d'énergie. Elle le dévisageait comme s'il venait de tomber de la lune.

— Qu'est-ce que tu viens de dire ?

— Je t'aime, répéta-t-il doucement.

— Non ! Ce n'est pas vrai. C'est impossible.

— Oh mais si, Leah.

Une éternité passa, comme si le temps était brusquement suspendu.

De nouveau, Jaco voulut la prendre dans ses bras, mais Leah recula en secouant la tête. Il essaya de la rattraper. Trop tard.

Elle était tombée dans la piscine.

11.

Jaco plongea immédiatement, souleva Leah dans ses bras et l'amena dans la partie peu profonde de la piscine, où il la reposa sur ses pieds.

— Qu'est-ce que tu as à vouloir à tout prix te noyer sous mes yeux ! plaisanta-t-il.

Il repoussa vers l'arrière les cheveux dégoulinants de la femme de sa vie. Leah toussa et se frotta les yeux.

— C'est mon côté peste, je suppose. En tout cas… Merci.

Elle le regarda presque timidement. Jaco l'enlaça.

— *Prego.* Je t'en prie. Je ferais n'importe quoi pour toi. Tu le sais, non ?

— Oui, je crois…, murmura-t-elle en tremblant.

Les paupières closes, Jaco savoura la plénitude de cet instant. Ils étaient trempés et avaient de l'eau jusqu'à la taille, mais peu importait. Seul comptait ce pur bonheur. Ils demeurèrent ainsi pendant quelques secondes, un peu étourdis par l'absurdité et la cocasserie de la scène.

Enfin, Leah leva légèrement la tête et posa sur lui un regard hésitant.

— Ce que tu as dit tout à l'heure…

Elle avait l'air si fragile, si peu sûre d'elle que la gorge de Jaco se serra.

— C'est vrai, *cara mia.*

Il prit son visage entre ses paumes, très doucement.

— *Ti amo.* Je t'aime, Leah.

— Tu *m'aimes* ? répéta-t-elle, interdite.

Elle semblait ne pas oser y croire.

— *Sí.* Plus que je ne pouvais l'imaginer. Plus que tout au monde.

— Mais comment… ? Enfin, pourquoi… ? Comment cela se peut-il ?

— C'est très simple. J'avoue que j'ai essayé de résister. Parfois, tu me rendais complètement fou. Mais quand un sentiment se loge dans votre cœur et vous habite, il n'y a rien à faire.

Il était surpris par l'extrême facilité de cet aveu, comme si sa déclaration faisait tomber toutes les barrières. Quand le visage de Leah s'éclaira de l'intérieur, un espoir éperdu s'empara de Jaco. Mais elle frissonnait. Elle grelottait de froid.

— Viens, allons à l'intérieur.

Il la conduisit par la main sur le pont inférieur, puis le long du couloir qui menait à la suite qu'il lui avait attribuée. Quand il alluma la lumière, ils restèrent face à face sans un mot, à se regarder pendant qu'une mare se formait à leurs pieds sur le tapis. Ils ne se ressaisirent que lorsque Cesare sortit de la chambre. Il les considéra avec étonnement, mais Jaco le rassura et lui donna congé.

Quand Jaco referma la porte derrière son gorille, Leah, médusée, tâchait toujours de se persuader qu'elle ne rêvait pas.

L'homme qu'elle aimait de tout son être l'aimait aussi !

Insidieusement, le doute recommença à la ronger. Elle secoua la tête. La voix de Jaco parvenait faiblement à ses oreilles. Ses vêtements lui collaient au corps. Il se déshabilla.

— À ton tour, maintenant, lança-t-il en souriant.

Sa peau mouillée brillait à la lumière. Il était beau comme un dieu.

— Tu préfères que je le fasse ? proposa-t-il avec un sourire craquant.

C'était son désir le plus cher… Malgré sa posture macho et son sourire charmeur, elle le savait sérieux. Grave, aussi, car il attendait qu'elle parle, qu'elle réponde à sa déclaration d'amour. Elle caressa du bout des doigts sa barbe naissante. Ses sentiments n'étaient donc pas évidents ?

Elle avait toujours été gênée par l'impression d'être transparente, de trahir son amour pour lui chaque fois qu'elle rougissait, baissait les yeux ou répondait par une insolence. Apparemment, cela ne suffisait pas à Jaco. Il avait besoin de preuves.

Leah se hissa sur la pointe des pieds, attira le beau visage de son Sicilien vers le sien et planta un doux baiser sur sa bouche. Il l'étreignit. Elle enroula alors les bras autour de son cou et glissa la langue entre ses lèvres. Aussitôt, la passion les embrasa, prête à se déchaîner. Pourtant, Jaco s'immobilisa.

— J'ai besoin de savoir, Leah.

Il riva les yeux aux siens, comme pour lire au plus profond de son âme.

— J'ai besoin de savoir si je peux espérer être aimé.

— Oh ! Jaco !

Elle prononça son prénom dans un sanglot étouffé, tandis qu'une larme solitaire coulait sur sa joue.

— Évidemment que je t'aime ! Je t'ai toujours aimé et je t'aimerai toujours.

— *Grazie Dio.* Alors je suis le plus heureux des hommes.

Il se rembrunit et déposa un baiser sur sa joue.

— Pourtant, je n'ai pas mérité ton amour après la façon dont je t'ai traitée…

— Nous avons tous les deux commis des erreurs. Je n'aurais pas dû imaginer toutes ces horreurs à ton sujet.

— Tu en avais le droit. J'essaierai de me racheter, je te le promets. Mais d'abord, réchauffons-nous.

Ils traversèrent la chambre, où Gabriel dormait comme un ange, en direction de la salle de bains. Jaco tourna les robinets d'eau chaude pour remplir la grande baignoire circulaire.

Encore tout étourdie, Leah se laissa déshabiller ; elle leva docilement les bras pour qu'il lui ôte son sweat-shirt et se tourna pendant qu'il dégrafait son soutien-gorge. Ses seins se gonflèrent de plaisir quand il les embrassa tour à tour.

Il la débarrassa ensuite de son jean et de sa culotte, ponctuant ses gestes de baisers tantôt doux, tantôt avides. En sentant son souffle chaud sur son sexe, Leah frémit de désir. Il lui parlait en italien et les mots se perdaient dans le chuintement de l'eau qui coulait.

De toute manière, cela n'avait aucune importance. Elle ferma les yeux en se laissant simplement aller.

— Au bain, maintenant.

Il la souleva sans efforts pour la plonger jusqu'au cou dans les bulles bouillonnantes. Puis il s'installa à côté d'elle.

— C'est bon ?

Elle soupira de plaisir. La chaleur, le manque de sommeil et ses émotions en dents de scie l'écrasaient de fatigue.

— J'ai tant à te dire, Leah. Tant à expliquer.

Elle ferma les paupières.

— Tu as agi selon ta conscience, murmura-t-elle.

— Mais j'ai eu tort de ne pas te dire la vérité. Je ne me rendais pas compte que tu étais la seule personne digne de ma confiance. Je me suis conduit comme un imbécile. En te retenant de force, je t'ai traitée avec une cruauté inacceptable. Pourras-tu jamais me pardonner ?

— Je vais y réfléchir, le taquina-t-elle.

Elle esquissa un sourire et se blottit contre lui.

— Je ne suis pas très facile à vivre non plus..., ajouta-t-elle.

— C'est vrai. J'ai parfois eu l'impression de vivre un cauchemar.

— Désolée.

— Ne t'excuse pas, Leah. Nous avons chacun eu notre part de problèmes dans un passé douloureux, mais cette période est révolue. Seul importe l'avenir, désormais. Et si tu m'y autorises, j'ambitionne de te rendre aussi heureuse que possible.

Le doute à nouveau rattrapa Leah. Était-ce possible ? Jaco pensait-il réellement ce qu'il disait ? Si elle se trompait encore une fois, jamais elle ne s'en remettrait.

— Leah ? Qu'y a-t-il ?

— J'ai besoin de certitudes, dit-elle d'une voix étranglée. Je veux être sûre, à cent pour cent, de ne pas faire fausse route.

— *Certo*... Je comprends. Je ne veux pas te presser ni te bousculer. Prends ton temps pour réfléchir. J'attendrai tout le temps qu'il faudra.

— Ce n'est pas de moi que je doute. Je t'aime trop, c'est cela le problème !

— Pourquoi ? Je ne comprends pas.

— Parce que si tu devais changer d'avis...

— Jamais !

— … si tu décidais un jour de me quitter…

— Cela n'arrivera jamais, Leah.

— … je ne le supporterais pas.

— Cela ne se produira pas. *Lo prometto.* Je te le promets.

— Je me suis si souvent trompée dans ma vie que je ne me fie plus à mon propre jugement.

— Alors fais-moi confiance, j'ai toujours raison.

Elle éclata de rire.

— Je t'aime. Vraiment.

— *Bene.* C'est tout ce qui compte.

Il déposa un baiser sur ses lèvres et lui prit la main.

— Parce que, moi aussi, je t'aime. Je regrette seulement d'avoir mis autant de temps pour m'en rendre compte. C'est à moi de te présenter des excuses. J'étais consumé par la haine, jusqu'à l'obsession et l'aveuglement.

— À cause des Garalino ?

Il hocha la tête sombrement.

— *Sí.* Tu n'as pas idée de leur méchanceté. Ces gens sont l'incarnation du mal.

— Explique-moi.

Jaco se gratta la gorge.

— Ils ont empoisonné mon enfance et presque détruit Francesco, qui n'était pas aussi fort que moi et avait, en plus, un problème d'identité. Les Garalino l'ont persécuté sans pitié.

— Oh ! je suis désolée.

— Il y a une chose qui me tourmente sans répit et que je me reprocherai toute ma vie. Au début, j'ai eu confiance en eux. Pendant notre enfance, je n'ai pas suffisamment protégé Francesco. Je me suis même efforcé de le faire changer. J'espérais lui éviter des vexations et des humiliations inutiles.

Ok